가난하지
않은

사랑

가난하지 않은 사랑

펴 낸 날 2022년 2월 16일 초판 1쇄

지 은 이 주서윤
펴 낸 이 박지민
책임편집 최선경
책임미술 롬디
그 림 주서윤
마 케 팅 박종천, 박지환

펴 낸 곳 모모북스
서울특별시 동대문구 왕산로81, 203-1호(두산베어스 타워)
전화 010-5297-8303 팩스 02-6013-8303
등록번호 2019년 03월 21일 제2019-000010호
e-mail pj1419@naver.com

ISBN 979-11-90408-21-9 03810

가난하지 않은 사랑

글·그림 주서윤

모모북스

사랑을 선택하면 가난해진다는 편견을 깨고 싶었다.
나는 요즘 그 어느 때보다 마음이 풍족하기 때문이다.
다 나를 사랑해준 사람들 덕분이다.
언제나 내 편인 가족들과 친구들에게 고맙다.
달달한 걸 먹어야 좋은 작품을 쓸 수 있다며
디저트를 사준 예슬이에게도 고맙다.
이 책을 읽어준 독자들에게도 고맙다.

사랑할 용기를 준 모든 이들에게 감사하다.

"인류는 열정으로 가득 차 있어.
의학, 법률, 경제, 기술 따위는 삶을 유지하는 데 필요해.
하지만 시와 미, 낭만, 사랑은 삶의 목적인 거야."

영화 〈죽은 시인의 사회〉 中

차례

2장

일상을 사랑하기

3장

사람을 사랑하기

4장

연인을 사랑하기

5장

일을 사랑하기

6장

삶을 사랑하기

1장

나를
사랑하기

지구에 사는 세계 인구는 78억 명,
대한민국은 5천만 명,
그중 내국인 여자는 2천5백 명.
나는 세계 인구 78억 명 중 한 명으로 태어났다.

나는 나라서 유일하다.

방치된 관심

"엄마. 난 어릴 때 어땠어?"

"너? 순했지. 착하고."

"그리고?"

"잠 많고…… 손이 많이 안 갔어. 네 오빠는 손 많이 가서 고생했는데."

나는 어렸을 때 좋게 말하면 얌전한, 나쁘게 말하면 별다른 특징이 없는 아이였다. 아니, 더 정확히 말하면, 키 158cm, 혈액형 A, 생일 1월 11일과 같은 '외적 정보' 빼고는 나에 대해서 잘 몰랐던 아이였다. 그땐 그게 문제라고 생각하지 않았다. 하지만 문제를 문제라고 생각하지 않는 거야말로 진짜 문제였다.

어느 날 친오빠의 친구가 집에 놀러 왔다. 이름에 '석' 자가 들어가서 '석이 오빠'라 불렀다. 석이 오빠는 바가지 머리에 안경을 낀 친절한 오빠였다. 나는 그런 석이 오빠를 위해 〈파스타〉(2010)라는 드라마에서 본 오일 파스타를 만들어주겠다는 다짐을 했다. 재료는 면, 식용유, 소금이 끝이었다. 우선 프라이팬에 식용유를 둘렀다. 그리고 익힌 파스타 면을 프라이팬에 넣고 볶았다. 그다음 소금을 넣었다. 끝! 레시피도 안 보고 간도 안 본 ~~최악의~~ 오일 파스타였다. 맛은 안 봐도 뻔했다. 석이 오빠에게 말했다.

"맛있겠지~."

석이 오빠는 상기된 목소리로 물어봤다.

"오. 네가 만든 거야?"

"응. 먹어봐!"

석이 오빠는 내가 준 포크를 받고 오일 파스타를 먹었다. 그리고 알 수 없는 표정으로 파스타 면을 씹기만 했다. 석이 오빠가 말했다.

"맛있네."

석이 오빠는 그렇게 말하고는 포크를 돌려주었다. 나는 석이 오빠가 건넨 포크의 의미를 몰랐기에 오일 파스타를 입에 가득 넣고 씹었다. 먹기 전 생각했다. '이건 분명 맛있을 거야!' 그러나 알게 됐다. 석이 오빠가 얼마나 착한 사람이었는지.

그 일을 계기로 나는 요리에 소질이 없단 걸 알게 됐다. 그리고 뒤이어 이런 생각이 들었다. '그럼 나는 무엇을 잘하지?' 대답이 나오지 않았다. 다르게 물어보았다. '그럼 나는 무엇을 좋아하지?' 역시 대답이 나오지 않았다.

'나는 잘하는 것도 좋아하는 것도 없는 건가? 그럼 진짜 큰 일이잖아…….'

나는 그동안 내가 특별하지 않아서, 관심을 가질 이유조차 없다고 느꼈다. 그리고 그땐 그게 문제라고 생각하지 않았다. 하지만 문제를 문제라고 생각하지 않는 거야말로 진짜 문제였다.

눈과 귀를 닫은 신생아처럼
나에 대해 아는 게 너무나도 없었던 나.
특별하지 않아서
관심을 가질 이유조차 없었던 나.

내가 나를 방치하고 사랑해 주지 못해서 미안한 마음이었다.

나의 MBTI 변천사

요즘 MBTI가 유행한다. MBTI란, 인간의 성격을 16가지로 분류한 성격 유형 테스트이다. 예를 들면 이런 식이다.

〈카페에서 들은 대화〉

사람 1　너 MBTI 유형 뭐 나왔어?

사람 2　나 뭐 나왔더라. 잠깐만, 나 ISFJ.

〈전철에서 들은 대화〉

사람1　나도 이제 사회화가 됐나 봐.

사람2　(웃으며) 너 사회화 된 인텁(INTP)이야?

사람1　어~. 사회화된 인텁(INTP)이다~. (웃음)

전문가들은 MBTI를 신뢰성 있는 테스트로 보지 않는다. 그럼에도 대중들은 "MBTI는 과학이야!"라는 유머를 던진다.

MBTI 덕후들은 이쯤 되면 내 MBTI도 궁금할 것이다. 나의 MBTI 변천사는 다음과 같다.

12~13살: ISFP

액세서리, 옷에 관심이 많았고, 외모 꾸미기를 좋아했으며, 셀카 찍기를 즐김.

15~19살: INFP

감수성이 풍부했고, 음악 듣는 걸 좋아했으며, 심리학책 읽기를 즐김.

20~22살: ENFP

(오늘이 마지막인 것처럼) 거의 매일 술을 마셨고, 물건 빠트리는 일이 많아졌음.

22~25살: INTP

사람이 조금 (사실 많이) 싫어졌고, 두뇌 회전이 빨랐으며, 비판적 사고를 즐김.

26~28살: INFJ

인생을 어떻게 살아야 할지 매일 밥 먹듯이 고민함.

그 이외: INTJ, ENTP

INTJ는 정상적인 사회 구성원으로 기능하고 싶을 때 나오는 유형. ENTP는 자신감 가득일 때 나오는 유형. 둘 다 회사 생활할 때 가끔 나옴.

사람들이 나에게 MBTI가 무엇이냐고 물어보면, "INFJ요." 라고 대답하긴 한다. 하지만 사실은 빼먹은 말이 있다.

"(이번엔) INFJ요. (언제 또 바뀔지 몰라요.)"

그 어떤 유형도 각자의 색깔로 사랑스럽다.

주관적 행복의 기준

어디선가 억울한 이야기를 들었다.

"내향적인 사람보다 외향적인 사람의 행복도가 조금 더 높습니다."

객관적인 통계 자료까지 있어서 더 억울한 심정이 되었다. 물론 외향성은 행복을 결정하는 수천 개의 요인 중 하나일 뿐이지만 말이다.

회상해 보면, 나도 대학생 때(ENFP 시절)가 가장 행복했다. 선배, 동기, 후배들이 바글바글 모여 있는 동아리 방에서 낯가림 없이 행동했던 시절이었다.

행복이란 무엇일까.

심리학에서는 행복은 '주관적 안녕감'이라 부르고, 심리학자 탈 벤 샤하르는 행복을 '즐거움과 의미가 공존하는 주관적 감정'이라 정의했다. 인도, 불교에서는 행복을 해탈解脫의 개념으로 봤고, 중국에서의 행복은 지락무락至樂無樂, 고대 그리스에서는 '행복은 선하고, 쾌락은 악한 것'이라 정의했다.

나는 가끔 사회에서 말하는 행복의 기준이 의문스럽다. 집을 사야 행복해지고, 명예를 얻어야 행복해지고, 명품 백을 사야 행복해진다는 등의 기준 말이다. 정말 그걸 얻으면 행복해질까. 그게 정말 내가 생각하는 행복의 기준과 동일할까. 물론 진짜로 집을 사면 행복해질 수도 있다. 하지만 사회에서 말하는 목소리를 '무비판적'으로 수용하는 건 좀 위험한 것 같다. 행복은 '주관적인' 감정이기 때문에 '내가 정의하는 행복'도 반드시 있어야 하는 것 같다.

세상에는 다양한 행복이 존재하지만, 창의적인 행복은 쏙 빠지고 네모반듯한 행복만 남아있다. 아무도 "새벽 4시 48분에만 들을 수 있는 소리를 듣는 게 진정한 행복이에요."라고 말하지 않으니까 말이다.

흐릿해지기 쉬운 나만의 행복. 헷갈리기 쉬운 나만의 행복. 귀 기울이기 힘든 나만의 행복. 사랑하기 힘든 나만의 행복.

나는 두툼하게 나만의 행복을 만들어 가고 싶다. 그걸 우선시하고 싶다.

당당한 취향들

다 본 영화에 점수를 매기는 앱이 있다. 최소는 0.5점이고, 최대는 5점까지 줄 수 있다. 사람들이 점수를 매기면, 영화의 평균 점수가 나온다. 예를 들면 이런 식이다.

〈타이타닉〉(1997): 평균 ★4.3

어떤 영화를 보고 난 후의 일이다. 나는 영화를 본 후, "우와, 이건 5점 만점이야!"하고 앱을 실행했다. 그런데, 영화의 평균 점수를 보고 깜짝 놀랐다. 점수가 생각보다 너무 낮은 것이다.

영화의 평균 점수는 2.5점이었다. 사람들은 댓글로 "이건 쓰레기 영화야!"하고 비난했다. 같은 창작자로서 감독이 불쌍했다. 그리고 나도 모르게 5점을 주기 눈치 보였다.

문득 씁쓸한 생각이 들었다.

'내 취향은 남의 눈치를 봐야 하는구나…….'

내가 좋아하는 걸 남들이 좋아하지 않을 때 은근한 소외감을 느낀다. 내가 좋아하는 걸 내가 부끄러워할 때 은근한 수치심도 든다.

이런 일도 있었다.

어느 날 인터넷에서 "착하게 살면 이용당해!"라는 말을 보았다. 사실 이 말은 인터넷뿐만 아니라 현실에서도 많이 들었다. 선한 사람들은 자책의 댓글을 달았다.

"맞아요. ㅠㅠ 착하게 살면 호구 잡혀요."

"ㅠㅠ 제가 넘 바보였네요."

나는 일부 공감하면서도 '그래도 착하게 살고 싶은데…….'라고 생각했다. 착하게 살기도 눈치 보이는 세상이었다. "착하게 살면 이용당해!"라는 말은 많아도 "착하게 사는 사람을 이용해서는 안 돼!"라는 말은 별로 없다는 게 신기했다. 착한 마음이 잘못된 게 아니라, 그걸 이용하는 마음이 잘못된 건데…….

며칠 후, 재밌는 노래를 들었다.

"착한 건 나쁜 게 아니야아아아아아~. 착한 건 착한 거야~."

장기하와 얼굴들의 〈착한 건 나쁜 게 아니야〉라는 노래였다. 그래. 착한 건 나쁜 게 아니지. 착한 건 착한 거지…….

나는 선하게 살고 싶다. 내가 나다울 때 부끄럽지 않고 싶다. 모두에게 속마음을 말해도 떳떳해지고 싶다. 마음에 미움보단 사랑이 가득하고 싶다. 내 취향에 조금 더 당당해지고, 내가 사랑하는 걸 사랑한다고 밝히고 싶다.

먼지 같은 열등감

집에서 청소를 한 적이 있다. 먼지는 소파, 냉장고, 침대 밑에 많았다. 이 많은 먼지는 다 어디서 오는 걸까? 먼지가 유독 구석에 많은 이유는 무엇일까?

잘난 구석 없는 사람이 못난 구석까지 많아지면 정말 괴롭다. 나는 열등감 때문에 나를 사랑할 수 없었다. 내가 괴물로 자라는 건 아닐까? 못난 어른으로 자라 죽을 때까지 못난 상태일까 봐 걱정이었다.

내 방으로 돌아와 침대 밑을 닦았다. 역시나 보이지 않는 먼지가 가득 쌓여 있었다. 먼지를 닦으며 '먼지처럼 쓸모없는 게 또 있을까?'라는 생각을 했다. 세상에는 먼지처럼 쓸모없는 게 많았고, 나에겐 열등감이 그랬다. 책 『미움받을 용기』 내용의 일부이다.

아들러는 "우월성 추구도 열등감도 병이 아니라 건강하고 정상적인 노력과 성장을 하기 위한 자극이다"라고 말했네. 열등감도 제대로만 발현하면 노력과 성장의 촉진제가 되는 거지.*

허리를 굽히고 팔을 뻗어 마지막 남은 먼지까지 깔끔하게 닦았다. 먼지는 구석에 조용히 있었으나 어떤 움직임 때문에 말끔히 제거됐다. 어쩌면 먼지의 존재 이유는 '사람을 움직이게 하기 위해서'였을까? 먼지가 없었다면 청소를 하지도 않았을 테니 말이다. 열등감은 먼지 같다. 열등감은 나를 사랑할 순 없게 해도, 나를 움직이게는 했다. 열등감 때문에 부지런할 수 있었고, 그것만으로도 나를 사랑할 이유는 어느 정도는 성립됐다.

몸을 일으켜 이마에 맺힌 땀을 닦았다. 청소를 하면 땀과 함께 잡생각이 사라졌다. 땀의 역할은 몸의 열을 배출해 줄 뿐만 아니라, 생각까지 배출해 주는 걸지도 모른다. 배출된 나쁜 생각은 사랑으로 다시 채워야겠다.

---

* 기시미 이치로·고가 후미타케, 『미움받을 용기』, 인플루엔셜, 2014년.

오아시스

우리는 마음을 먹고 자라요.
좋은 마음은
좋은 마음을 낳고,
나쁜 마음은
나쁜 마음을 낳아요.
마음 그릇을 넓혀서
좋은 마음을 물처럼
벌컥벌컥 들이켜 봐요.
사막에서 오아시스를
발견한 사람처럼
사랑으로 가득 채워요.

중독과 비교

글을 쓰다 집중이 안 되면 계획에도 없던 유튜브 동영상을 보게 된다. 예능 프로그램 속 연예인들이 웃고 떠들면 나도 손쉽게 웃는다. 그러다 또 집중이 안 되면 스마트폰으로 채팅을 주고받고, 고양이 동영상 본다. 손가락 하나로 얻어지는 간편한 재미이다.

보고 나면 기억도 나지 않는다. 그런데 계속 보게 된다. 특히 인스타그램이나 페이스북은 한번 보면 개미지옥처럼 빠져나올 수 없다. 왜 SNS 속 사람들은 다 행복해 보일까.

나는 그 점 때문에 취준생 시절 땐 페이스북 계정을 탈퇴했다. 행복한 순간이 없었기에 업로드할 사진도 없었고, 누군가의 행복한 모습을 보고 불행을 느끼는 옹졸한 내가 싫었다.

내 인스타그램 계정만 봐도 그렇다. 수면 바지 차림으로 라면 먹는 모습은 오직 나만 알았다. 왜냐하면 그게 암묵적 약속이었고, 모두가 약속이라도 한 듯 행복한 순간에만 사진을 업로드 했기 때문이다.

확실히 SNS는 비교를 부추겼다. 모방은 창조의 어머니라면, 비교는 부정적 감정의 어머니였다. 비교에서 낳은 자식들은 하나같이 인성이 다 안 좋았다. 불행, 절망, 질투, 불안, 슬픔, 분노, 억울 등. 이들을 통틀어서 '악마'라 불러도 좋았다.

그럼에도 SNS는 왜 끊기가 어려울까. 의지가 부족한 탓일까.

넷플릭스 다큐멘터리 〈소셜 딜레마〉를 시청하다가 본 문장이다.

> "고객을 사용자라고 부르는 산업은 단 두 종류가 있다.
> 불법 마약과 소프트웨어 산업이다."

SNS가 마약과 동일하게 취급된다는 게 좀 무서웠다. 다큐멘터리를 더 자세히 보면, 기업이 어떻게 사용자들의 시간을 뺏는지 나와 있다. 기업은 생각보다 더 치밀하고 주도면밀하게 SNS를 하도록 유도했다.

이들은 사용자들의 시간을 뺏는 걸 목적으로 하고 있었다.

더 무서운 건, 많은 사용자들이 기업에 목적에 알맞게 행동한다는 것이다. 그래서 가끔은 무섭다. 사람이 핸드폰을 지배하는 게 아니라, 핸드폰이 사람을 지배하는 느낌이 들어서.

어떤 사랑은 '사랑의 기술'을 부지런히 연마해야만 갈고닦아지는 것 같다. 개미지옥 같은 인터넷 세상에서 '비교'하지 않는 마음을 가지는 건 힘든 일이니까, 속지 않기를 주의, 또 주의!

선천적인 성격

유치원 교사로 일할 때 아이들을 보면 참 신기했다. 성격이라는 건 태어날 때부터 정해져 있는 것 같아서였다. 실제로 인간은 타고난 기질 같은 게 있다고 했다. 기질은 크게 3가지로, 까다로운 기질, 순한 기질, 보통 기질(느긋한 기질)로 나뉘었다. 이 기질은 생후 4개월쯤 되면 보통 파악이 가능하다.

영유아 발달이론 이외에, 날 때부터 성격이 형성된다는 말은 '사주명리학'에서도 했다. 나는 사주를 믿진 않지만, '불멸의 마마'가 사주를 좋아했기에 강제로 사주를 보러 갔다. (엄마가 오래 살기를 바라는 마음으로 '불멸의 마마'라 부르겠다.)

내 사주는 정유일주丁酉日柱로 '작은 불'이라 했다. 불이라 예술적인 소질이 있지만, 신약해서 나대는 성격(?)은 아니라고 했다. 사주에 물, 금, 나무, 흙, 불이 다 있어서, 게으를 수도 있다고(?) 했다.

생각해 보니 나는 어렸을 때부터 불장난을 좋아했다. 사주가 작은 불이어서 그랬던 걸까. 사주 선생님께 물어보니 그럴 수도 있다고(?) 했다. 장난으로 한 말인데 진심으로 대답해 주셔서 조금 당황했다.

불에 대한 추억으로는 이런 일이 있었다. 예전에 학교에서 수학여행을 간 적이 있다. 그때 촛불 의식을 처음으로 해보았는데, 촛불이 영롱하게 빛나는 게 너무 아름다웠다. 그런데 그때, 수련회 교관님께서 갑자기 슬픈 음악을 트셨다. 그러더니, 집에 있는 부모님 이야기를 하며 아이들의 눈물을 유도했다. 우리는 엉엉 울었고 어떤 애는 거의 실신 직전이었다. 나는 그날, 불 앞에서 슬픈 노래를 틀면 효과가 좋다는 걸 알았다. 불은 인간에게 반성하는 마음을 주는구나……. 나도 언젠간 써먹어야지 싶었다. 하지만 써먹는 일은 없었다.

여행을 갔을 때 캠프파이어를 한 적도 있다. 캠프파이어는 촛불보다는 조금 더 큰 불이었는데, 쌀쌀한 가을에 불 앞에 있으니 엄청나게 따뜻했다. 불이라는 건 글쓰기와 비슷했다. 불을 보면 괜히 없던 기억도 끄집어내야만 할 것 같았다. 일렁이는 불을 보면 왜 그런 기분이 드는 걸까.

최근에는 동화 공모전에 도전했다. 주인공은 '꼬마 불'이었다. 아이스크림이 먹고 싶은 꼬마 불. 나는 쓰면서 재밌게 썼는데, 다시 읽어보니 왜 떨어졌는지 알 것 같았다. 스토리 라인은 대략 이러했다.

어느 날 꼬마 불은 엄마 불 몰래 아이스크림을 먹는다. 꼬마 불은 당연히 아이스크림 때문에 녹아 없어진다. 꼬마 불은 엄마 불의 도움으로 겨우 살아난다. (엄마 불이 아니었으면 스토리는 초반에서 끝날 뻔했다.) 꼬마 불은 엄마 불에게 당연히 혼나고, 그걸 본 얼음은 꼬마 불을 마구 놀린다. 다혈질 꼬마 불은 엄마한테 혼나고 친구한테도 놀림당하자, 숲속으로 도망친다. 꼬마 불이 숲을 달리자 사방팔방 불이 번진다. 꼬마 불은 검은 연기를 보고 나서야 뒤늦게 숲이 타고 있단 걸 알게 된다. 이때부터 꼬마 불의 흑화가 시작된다. (아마 이 부분 때문에 떨어진 게 아닐까 싶다.) 꼬마 불은 아이스크림을 못 먹는다는 열등감 때문에, 숲에 불을 내는 일에 재미를 느낀다. "그래! 나는 비록 아이스크림은 못 먹지만, 숲을 활활 태울 수는 있어! 아마 얼음은 이런 거 못 할걸? 나중에 친구들한테 자랑해야지. 크하핫!"이라는 비열한 대사까지 아끼지 않는다. 꼬마 불은 날이 갈수록 비열해지고 악랄해진다. (참고로 어린이 동화였다.) 숲속에 사는 동물들은 꼬마 불의 소식을 듣고 회의를 한다. 그중 가장 지혜로운 곰은 묘안을 제시한다. 동물들은 곰의 말을 듣고 "그렇게 합시다!"라고 한다. 다음날, 동물들은 꼬마 불을 찾아간다. 꼬마 불은 당연히 반가워하지 않는다. 하지만 지혜로운 곰은 꼬마 불에게 "도움이 필요해요."라고 말한다. 열등감에 찌든 꼬마 불은 다짜고짜 "나는 바보야"라고 말한다. 곰은 꼬마 불의 논리적 비약에 당황해서 물어본다. "그게 무슨 말이죠 꼬마 불님?" 꼬마 불은 '얼음이 바보라고 놀렸기 때문에 자신은 바보'라고 대답한다. 곰은 어이없지만 속마음을 숨기며 "꼬마 불님, 꼬마 불님은 얼음보다 훨씬 더 따뜻하고 대단해요. 얼음이 못된 말을 했다고 해서 못된 불이 될 필요는 없지요."라고 대답한다. 꼬마 불은 그 말에 마음이 조금 열린다. 곰은 꼬마 불에게 "저희 마을에 와서 모닥불이 되어주세요."라고 말한다. 꼬마 불은 일단 알겠다며 마을로 간다. 그곳에서 꼬마 불은 모닥불이 되어 동물들을 따뜻하게 지켜주고, 엄마 불을 만나 집으로 돌아간다…….

불은 특성상 누군가를 살리기도, 죽이기도 하는 것 같다. 나는 사주는 안 믿지만 내가 만일 작은 불이라면, 누군갈 죽이기보단 살리며 살고 싶다. 사랑을 하면서.

나를 구성하는 기억들

피곤한 아침, 줄을 서고 지하철을 기다렸다. 춥다고 생각했는데 손으로는 부채질을 하고 있었다. 뇌가 정상적으로 작동하지 않는다는 증거였다.

회사에 출근한 지 며칠 만에 얼굴은 폭삭 삭았다. 직장 생활은 이로써 인체에 유해한 걸로 판정이 났다. 행복하기 힘든 아침이었다.

지하철 안, 앉아 있는 사람들 사이로 서서 갈 땐 이런 생각이 들었다.

'행복은 어디에도 없는 것 같아.'

내 행복은 아무리 쥐어짜도 물 한 방울 나오지 않는 마른 수건 같았다. 심리적 에너지와 육체적 에너지가 완전히 바닥이었기 때문이다. 내 안엔 어떤 마음이 도사리고 있기에 이런 생각이 드는지 생각해 보았다.

'존중받지 못하는 기분이 들어.'

회사 생활이 가장 먼저 떠올랐다. 나의 일거수일투족을 감시받는다는 느낌, 말과 행동 하나하나 지적받는 느낌이 가장 스트레스였다. 그곳에 있으면 인간 대접보다는 가설을 검증하는 실험 대상이 된 것 같았다. 나 정말 회사 생활이 안 맞구나. 살기 싫다는 생각이 들 정도면…….

울렁거리는 마음을 진정하며 핸드폰을 들었다. 인스타그램으로 DM(다이렉트 메시지)이 와 있었다. 내 책을 읽은 독자의 메시지였다. 메시지 내용을 요약하면 '좋은 책을 써주셔서 감사하다'였다. 책이 막 나왔을 땐 이런 메시지를 자주 받았지만, 최근에는 오래간만에 받은 메시지였다. 죽고 싶었던 그 아침에.

그 순간 신기한 일이 일어났다. 메시지 하나로, 어떤 '생명력'을 얻은 것이다……! 정말 신기하게도, 죽었던 마음이 순식간에 살아나는 기분이 들었다. 정말 '즉각적'으로 말이다. 어느 정도였냐면, 어떤 호르몬의 영향마저 느껴질 정도였다. 세로토닌인지 도파민인지는 모르겠으나, 어쨌든 '힘'이라는 게 생긴 건 확실했다. 그 따뜻한 메시지 하나에, 그 텍스트 하나에 말이다.

어째서일까. 단지 글씨일 뿐인데, 왜 마음에 생명력이 깃든 걸까.

문득 그런 생각이 들었다. '나를 좋아해 주는 사람을 기억하면, 삶을 살아갈 힘도 생기는구나…….'라고.

친구 중에 선물해 주는 걸 좋아하고, 감정이 얼굴에 드러나는 '투명한 산타클로스'가 있다. 투명한 산타클로스는 나의 단짝이자 10년 넘은 친구로, 선물해 주는 걸 좋아하고, 감정의 진폭이 크며, 아이유를 좋아한다. 이 아이는 언어로 마음을 표현하는 걸 조금 부끄러워한다. 그래서 가끔 뜬금없이 선물을 해주곤 한다. 그 표현이 투박하지만 거짓이 없고 투명하다.

내 인생에 힘든 시기가 몇 번 있었다. 그때 나는 인간혐오를 온몸으로 느꼈다. 사람이 너무너무 싫었고 사람에게 기대는 법 자체를 몰랐다. 그때, 투명한 산타클로스가 갑자기 집으로 찾아와 〈토이 스토리〉 피규어를 선물해 주었다. 선물은, 생일이나 기념일에만 받는 매우 특별한 것이라 생각했다. 그런데, 투명한 산타클로스는 아무 날도 아닌데 그냥 선물을 주고 갔다. 그게 그 애의 표현 방식이었다. 그 이후로 나는 선물에 대한 관념이 조금 바뀌었다. 선물은 마음을 표현하는 수단도 되는구나……라고. 인간관계에서 인색하게 굴었던 자신이 조금 부끄럽기도 하고, 아무튼 이상한 감정이 들었다.

이후로 나는 투명한 산타클로스를 조금씩 모방하기 시작

했다. 걔가 하는 것처럼 나도 누군가에게 '아무 날도 아닌 날'에 작은 선물 따위를 줘보는 것이다. 처음에는 어색했지만 생각보다 베푸는 기쁨이라는 게 있었다. 상대방이 행복해하면 나도 행복해지는 기쁨. 이타성이 전제된 기쁨 말이다.

나라는 인간은 관계에서 얻은 기억의 총합으로 구성된 듯했다. 타인과 행복을 나눈 기억, 타인에게 위로를 받은 기억, 그런 기억 따위가 내 인격을 구성한다는 생각이 문득 들었다. 좋은 사람이 되려면 나쁜 사람에게 고통받았던 기억보다, 좋은 사람과 사랑하고 사랑받았던 걸 더 많이 기억해야 한다는 생각이 들었다.

고통은 돼지 꼬리에 개 얼굴을 하고 있는 이상한 수면 베개이다. 머리로는 이해가 안 되는 데 분명히 존재한다.

나를 만드는 건 기억이 8할인 듯하다.

당연하지 않은 건강

옛날부터 잔병치레가 잦았다. 중학생 때는 컴퓨터를 자주 해서 목과 어깨 결림이 있었고, 고등학생 때는 분필 가루 때문에 비염을 달고 살았고, 직장 다닐 땐 스트레스 때문에 한 달에 한 번씩 두통이 찾아왔다.

특히 나를 미치게 하는 건 두통이었다. 관자놀이 부근이 정신을 못 차릴 정도로 아팠다. 물론 요즘에는 두통 횟수가 줄었다. 하지만 두통은 언제나 방심할 때 나타났다. 4시쯤, 회사에서 일을 하다가 난데없이 '그 녀석'이 찾아왔다. 그 녀석은 검을 든 닌자처럼 머릿속을 헤집고 다녔다. 처음에는 콕콕 가볍게 찌르는 통증이었다가, 오케스트라 연주처럼 통증의 범위가 확장됐다. 아, 시작이다. 오케스트라 연주는 언제 끝날지 모른 채 절정을 향해 달려간다. 트럼펫 소리가 귀에 울려 퍼지면 나는 아무것도 듣지 못하는 사람이 된다. 내가 나에게 말을 거는 소리도, 남이 나에게 말을 거는 것도, 세상이 들려주는 이야기도 아무 소용이 없어진다. 오로지 그 순간에는 두통과의 전쟁이 끝나기를 바라며, 통증 없는 삶이 그리워진다. 허지웅의 『살고 싶다는 농담』에 이런 말이 나온다.

> 단 하루만 통증 없이 잘 수 있다면 평생 머리털과 눈썹이 없어도 상관없었다.*

정말 이보다 통증을 잘 표현한 말이 있을까? '정상적'으로 자는 게 누군가에게는 간절한 소망이 될 수도 있다. 아프면 돈을 많이 벌고 싶다거나, 예뻐지고 싶다는 세속적 욕망이 사라진다. 평범한 일상이 정말 그리워진다. 잃고 나서야 소중해진다. 그래서, 가끔 불평불만이 많아질 때면 이렇게 생각한다.

'요즘 내가 많이 건강한가보다…….'

불평불만은 건강한 사람만이 할 수 있는 특권이다. 건강한

---

* 허지웅, 『살고 싶다는 농담』, 웅진지식하우스, 2020년.

신체에 감사하는 연습을 게을리하지 말아야지. 아팠던 기억은 그러라고 있는 거니까. 내 몸을 사랑하는 중이다.

어떤 진심

어떤 사람들은
자기가 사랑받는 존재라는 걸
너무 손쉽게 아는 듯해.
그래서 굳이 기죽을 일도 없는 듯해.

왜 나는 그러지 못할까 생각해.
울적하게 살지 않기로 약속해놓고.

간절함은 특별한 재능이야.

너무 힘들고 아무것도 안 될 것 같을 때

이 말을 기억하길 바라.

'나는 이 문제를 해결할 수 있다'고.

나이를 먹는다는 것

내가 아는 사람 중에 가장 어른스럽고, 장난꾸러기이고, 순발력이 있고, 말이 빠른 친구가 있다. 어른스러운데 장난꾸러기인 아이는 이 아이가 유일하다. 이 친구의 이름을 '성급한 성인군자'라 하겠다.

성급한 성인군자는 나와 10년 넘은 친구로, 고등학생 때부터 알고 있던 아이다. 어느 날 성급한 성인군자가 이렇게 말했다.

"서윤이 뭔가 어른스러워진 것 같아."

"엥? 내가?"

어른스러운 친구에게 어른스러워졌다는 말을 듣다니. 내가 정말로 어른스러워진 게 분명했다. 정작 나는 어른인 걸 까먹고 살았는데 말이다……. 성급한 성인군자가 이어서 말했다.

"어렸을 때보다 더 어른스러워진 느낌이랄까. 뭔가, 사회적인 느낌? 사회생활을 하는 것 같은 느낌?"

"뭐? 사회생활? 친구 만날 땐 그런 모습 없어야 하는 거 아니냐……."

"아무튼 난 그렇게 보였어."

"휴…… 직장인 모드가 안 풀려서 그런가 봐."

"그런 거 같더라. 회사 다니고 나서부터 어른스러워졌으니까. 우리가 나이 먹기는 했나 봐. 나 사실 요즘 애들(?)이랑 잘 안 맞는다? 요즘 애들은 너무 쿨해."

"야, 아직 우리 20대 후반밖에 안 됐는데……."

"곧 있으면 서른이야~."

"아악!"

문득 왜 나이를 먹는 게 싫은지를 생각했다. 베크의 인지치료CT, Cognitive Therapy 기법이 떠올랐다. 그는 인간이 몇 가지 인지적 오류를 범한다고 했다. 예를 들어보자.

① 과잉 일반화

"지금 불행하니 이번 생은 완전히 망했어."

② 재앙화

"늙으면 큰 병에 걸릴지도 몰라!"

③ 흑백논리

"젊음은 무조건 좋고 늙음은 무조건 나쁜 거야."

유독 나이에 관해 인지적 오류를 쉽게 범하는 것 같다.

그런데 젊으면 무조건 좋을까? 늙으면 무조건 나쁠까? 젊은 게 늙는 것보다 꼭 더 좋기만 할까?

신형철의 『정확한 사랑의 실험』의 한 구절이다.

> 성장이란, 더 이상 그 이전으로 되돌아갈 수 없게 되어버렸을 때에만 진정으로 가능한 것이 아닐까 하는 생각을 한다.*

---

* 신형철, 『정확한 사랑의 실험』, 마음산책, 2014년.

버리지 않은 물건

이사 가기 전, 안 입는 옷을 버리기로 했다. 어떤 옷이 말했다. "날 버리지 말아 줘." 다른 옷이 말했다. "밖은 너무 추워……." 또 다른 옷이 말했다. "나 아직 입을 만해!" 나는 그들에게 말했다.

"너네는 유행이 지났어……."

유행이 지났지만 버리지 못했다. 버리기 아까웠기 때문이다. 미니멀리즘 선배들은 어떻게 물건을 마구 버릴 수가 있었을까. 곤도 마리에의 『설레지 않으면 버려라』라는 책이 생각났다. 내용의 일부이다.

> 버릴지 남길지를 판단하는 기준은 '만졌을 때 설레는가' 하는 점이다. 설레는지 아닌지를 판단할 때는 반드시 직접 만지는 것이 포인트다. 두 손으로 하나하나 대화하듯이 만져

야 한다.*

설레지 않으면 버려라……. 나는 작가의 말을 들어보기로 했다. 우선 연두색 니트를 만지며 생각했다. '설레나……?' 애매한 기분만 들었다. 버려야지, 설레지 않으니까!

어깨에 단추가 있는 파란색 목티를 만지며 생각했다. '설레나……?' 이 옷을 입고 면접을 봤을 때가 떠올랐다. 면접이나 중요한 일이 있을 땐 파란색 옷을 자주 입었다. 파란색 옷을 입으면 뭔가 자신감이 생겼기 때문이다. 왜 파란색이 나에게 자신감을 줬을까? 헉, 그러고 보니 대학생 때 짝사랑하던 선배가 파란색을 좋아했다. 그때 선배와 파란색 옷을 입고 데이트를 했는데 꽤 성공적이었다. 오. 조금 설레는데(?).

다음은 빨간 치마를 만지며 생각했다. '설레나……?' 이걸 입고 축제 때 운동장을 돌아다녔던 게 기억났다. 그때 나와 친구들은 피켓을 들고 동아리 주점을 홍보했는데, 당시 남자 3명이 다가와 이렇게 말했다.

"혹시 남자친구 있으세요?"

우리는 모두 남자친구가 있었기에 "네."라고 새침하게 말

---

* 곤도 마리에, 『설레지 않으면 버려라』, 더난출판사, 2016년.

할 수 있었다. 혹시 이 옷도 행운의 옷(?)이 아닐까? 버리지 말아야지. 오케이, 통과!

물건에 스토리가 있는 게 재밌었다. 어느 물건 하나도 이야기가 없는 게 없었다. 심지어 쓰레기통에 있는 빨대에도 이야기가 있었다. 물건을 버린다는 건 '기억을 버린다'와 같은 의미인가?

어떤 작가는 과거와 손절하기 위해 일기장을 버렸다고 했다. 나는 그 이야기를 떠올리며 내 방에 있는 분홍색 일기장을 집어 들었다. 일기의 첫 시작은 이러했다.

'일기는 슬프고 우울할 때만 잘 써진다.'

글을 쓸 때 가장 힘든 건 슬픈 과거를 회상해야 할 때이다. 글을 쓰려면 기억의 일부를 꺼내야 하기 때문이다. 문득 나는 이 일기장이 '슬픈 재료'라는 생각이 들었다. 나를 먹여 살리는 슬픈 재료. 상처가 재료가 되어 나를 먹여 살린다는 게 조금 우스꽝스러웠다. 일기는 슬프고 우스꽝스러운 재료인가.

나는 슬프고 우스꽝스러운 재료를 읽다가 다음 페이지를 넘겼다. 거기엔 이렇게 적혀 있었다.

'나중에 이 일기를 보면 정말 열심히 살았다고 말할 수 있을 것 같다. 잘 살지는 못해도 열심히는 살았다.'

나는 이 일기장이 슬프고 우스꽝스럽지만, 나를 위로해 주는 확실한 도구라고 생각했다.

그거야말로 가장 설레는 물건이라 생각하며 청소를 마쳤다.

손을 씻자 비누에서 뽀송뽀송한 냄새가 났다. 내가 가장 사랑하는 레몬 향이었다. 오늘은 무엇을 먹을지 고민하며 주방으로 갔다. 거기에도 나를 먹여 살리는 재료가 있었다.

대체 불가능한 존재들

글을 쓰려고 사전을 보다가 우연히 멋진 단어를 발견했다. 'irreplaceable'이라는 단어였다. 어두운 방에서 벽을 더듬었는데 예상치 못한 곳에서 스위치를 발견한 기분이었다.

나는 스위치를 켜고 단어를 오징어처럼 잘근잘근 씹었다. 아주 멋진 단어였는데 쉽사리 목구멍에서 넘어가지는 않는, 질긴 식감의 단어였다. 단어의 의미는 이러했다.

> irreplaceable
>
> (대단히 귀중하거나 특별하여) 그 무엇으로도 대체[대신]할 수 없는

직원들과 나눴던 대화가 생각났다.

"앞으로 어떻게 살지 모르겠어요."

"그러게요……."

"저희는 회사를 다니는데도 왜 이런 고민을 해야 하죠?"

"언제든 대체될 수 있는 인력이라 그런 거 같아요. 그림 잘 그리는 사람은 너무 많고……, 비정규직도 너무 많고……."

"하……. 오늘 점심엔 쟁반 짜장 어때요?"

"좋아요."

퇴사 전 팀장님과는 이런 대화를 나눴다.

"제가 서윤 씨에게 바란 게 뭔지 알아요?"

"모르겠어요."

"대체될 수 없는 사람이 되길 바랐어요. 부품처럼 쉽게 교체되는 사람이 아니라, 나만의 무기가 있는 사람."

'대체 불가능한'이라는 말에는 '능력'이 포함된 경우가 많았다. 인정을 해줄 만한 근거는 언제나 '능력'에 있었다. 남들보다 '우월한 면'이 있어야 인정을 해주는 게 세상의 룰이었다. 외모가 훌륭하면 인정, 좋은 학교를 나오면 인정!

사람들은 개인의 존재보다, 개인이 가진 '능력'을 더 많이 인정하는 듯했다.

하지만 이럴수록 기억해야 할 건 '유일한 존재'에 관한 자각이다.

지구에 사는 세계 인구는 78억 명, 대한민국은 5천만 명, 그중 내국인 여자는 2천5백 명. 나는 세계 인구 78억 명 중 한 명으로 태어났다. 나는 나라서 유일하다.

능력이 있어야 가치 있는 게 아닌, 존재 자체가 유일하기에 가치 있는 것이다.

'나'의 존재가 유일무이한 이유는, 나만의 역할이 있기 때문일지도 모른다. 각자가 각자의 향기로 사랑스럽다. 그 어떤 색도 겹치지 않아서 사랑스럽다.

2장

일상을 사랑하기

작은 삶을 소중히 여기고 싶다.
사소한 걸 사랑하고 싶다.
사소한 내일을 살아갈 수 있게.
사소한 일상을 사랑할 수 있게.

일상의 변화

요즘 가장 자주 듣는 말이 있다.

"코로나 때문에."

어렸을 때 불멸의 마마와 자주 간 곳은 백화점이다. (불멸의 마마는 엄마의 별명이다.) 옛날에는 백화점에 사람이 바글바글했는데, 요즘에는 코로나 때문에 사람이 많이 줄었다.

백화점 하면 가장 먼저 떠오르는 건 옷 매장이었다. 2층 옷 매장에는 언제나 사람이 많았는데, 그곳도 코로나 때문에 사람이 많이 없었다. 요즘 불멸의 마마와 나는 백화점에 가도 옷을 사지 않고 그냥 나왔다. 사람이 없어서 흥이 떨어진 걸까? 불멸의 마마는 "집에 옷이 너무 많아서 이젠 살 게 없네." 라고 부자처럼 말했다. 옷에 대한 욕망은 충분히 충족되었다는 의미였다. 나는 불멸의 마마에게 "나도 그래~. 이제 옷 안 사도 돼."라고 말했으나, 사실은 남자친구가 없어서 옷을 사지 않은 거였다. 바이러스 시대에 연애를 하지 않은 건 정말 탁월한 선택이었다. 절망이다. 아니, 정말이다…….

언젠가부터 꾸미는 걸 줄이기 시작했다. 일단 마스크를 끼면 얼굴의 절반이 안 보였으니 화장을 줄였고, 사적 모임 제한으로 인해 사람을 만날 일이 없어서 옷에 신경을 쓰지 않았다.

여행에 목숨을 걸지 않기도 했다. 예전에는 여행을 가지 않으면 안 될 것 같은 여행 강박(?) 같은 게 있었다. 인생은 한 번뿐이니 말이다. 하지만 강제로 모임을 줄이고, 만남을 줄이고, 외출을 줄이니, 지루함에 대한 면역력이 높아져서 여행을 가지 않아도 괜찮게 됐다.

그리고 인간관계에 대한 피로가 줄어들었다. 내가 원하지 않는 모임을 강제로 간 적이 몇 번 있다. 내 인간관계는 어쩌면 의무로 가득했을지도 몰랐다. 그런데 바이러스로 인해 모임에 가지 않을 핑계가 자연스레 생겼다. 그 점은 좋았다.

하지만 그럼에도 코로나 바이러스는 하루빨리 종식되었으면 좋겠다. 요즘이야말로 평범한 일상이 너무 소중해지고 있다.

평범하게 온정과 사랑을 나누던 그때가 그립다.

최초의 능동적 사랑

초등학교 앞에는 늘 세 명의 어른이 있었다. 이들의 공통점은 다 무언가를 팔았다. 그중 가장 특별한 걸 파는 사람은 '병아리'를 파는 아저씨였다. 병아리는 박스 안에 빈틈없이 모여 있었다. 마치 백화점에서 '특별 할인! 90% 세일!'이라고 적힌 곳에 놓인 물건처럼. 병아리인데 병아리 취급을 받지 못하는 듯했다. 그런데 그때였다.

"안 살 거면 만지지 마."

병아리 아저씨가 경고의 눈빛을 보내며 말했다.

'알겠어요. 안 만질게요…….'

나는 속으로 대답하고 뒤로 물러섰다. 누군가가 "언제부터 자본주의의 슬픔을 알게 됐나요?"라고 물으면 "병아리를 만지지 못했을 때부터요."라고 대답했으리.

다음날, 나는 용돈을 받아 기어코 병아리를 샀다. 그리고 집에 데려오자마자 모이를 줬다. 병아리는 모래처럼 생긴 모이를 작은 부리로 톡톡 쪼아 먹었다. '……무슨 맛일까?' 궁금해서 살짝 찍어 먹으려던 찰나, 불멸의 마마가 말했다.

"곧 죽을 거야."

이 말을 들은 건 병아리를 데려온 지 하루 만이었다. 불멸의 마마의 음성은 너무나도 담담해서 "밤이 되면 어둠이 올 거야"라고 말하는 듯했다.

"병아리는 오래 못 살아?"

"아니. 오래 살아. 근데 학교 앞에서 파는 병아리는 금방 죽어."

그 무심한 한마디에 알기 싫은 진실을 알게 되었다.

"너무 정 주지 마."

불멸의 마마는 내가 나중에 슬퍼질 거라는 걸 알고 있었다. 그건 마치 오래 산 사람의 지혜 같았다. 비가 오기 전 우산을 챙겨가라는 당부처럼 믿을만했다.

'왜 학교 앞에서 파는 병아리는 금방 죽을까?'

어린 마음에 그 이유가 궁금했다. 하지만 한편으로는 알 것 같기도 했다.

'어른들은 돈이 되면 뭐든 하는구나.'

생명은 숭고하다고 교과서에서 봤다. 〈당신은 사랑받기 위해 태어난 사람〉이라는 노래도 들었다. 그런데, 그건 거짓말이었다. 그것도 완벽한 거짓말! 숭고하지 않게 취급되는 생명도 있다. 사랑받지 못한 생명도 있다. 마치 학교 앞에서 판매되는 병아리처럼…….

"엄마. 내가 키울게. 닭 될 때까지……."

다음 날, 수업이 끝나고 부리나케 집으로 달려갔다.

"엄마! 병아리 죽었어?"

"아니. 안 죽었어."

병아리는 박스 안에서 "삐약"거리며 돌아다녔다.

"엄마! 오늘은 병아리 죽었어?"

"아니. 안 죽었어."

여전히 병아리는 박스 안에서 "삐약"거렸다.

"엄마! 오늘은?"

"안 죽었어."

"오늘은?"

"안 죽었……."

"오늘은?!"

불멸의 마마는 웃으며 말했다.

"걱정 마. 오늘도 살아있어."

신이 어린아이에게 동물을 맡긴 이유는 사랑의 속성을 알려주고 싶어서 일지도 몰랐다. 사랑에는 상실에 대한 공포도

동반한다고. 잃을까 봐 두려운 마음도 사랑이라고. 생명에 죽음이라는 개념이 없었다면 내가 이토록 병아리에게 관심을 가졌을까? 무언가를 떠나보내는 건 마음 아픈 일이다. 그러나, 이를 통해 사랑을 배운다. 나는 사랑을 배우고 있었다.

"엄마! 병아리 털이 이상해!"

그렇게 한 달이 지났다. 금방 죽을 거라는 불멸의 마마의 경고와는 달리 병아리는 생각보다 오래 살았다. 노랗던 털은 베이지색으로 변했고, 울음소리도 묘하게 달라졌다. 친구들은 "재네 집에 병아리 있어!"라고 말하지 않고 "재네 집에 닭 있어!" "아니야. 병아리야!" "아니야, 닭이야!" 하며 싸웠고, 병아리는 그렇게 하루가 다르게 성장했다.

그러던 어느 날이었다.

"엄마!"

학교를 마치고 집으로 돌아왔다. 그런데 평소와는 다른 정적이 흘렀다.

"병아리는……?"

"땅에 묻었어."

슬픔의 본질은 사랑이다. 슬픔은 좋아하는 대상에게만 느낄 수 있는 유일한 감정이기에.

"죽었어……?"

한순간에 볼 수도, 만질 수도 없게 됐다.

'날지 못하는 새가 하늘로 갔다면 새의 입장에서는 기쁜 일이려나.'

어른이 된 지금은 냉소적인 농담을 하며 그날을 회상한다. 어른이 되면 슬프고 싶지 않아서 슬픔을 냉소와 분노로 위장하나 보다.

나는 그 작고 연약한 병아리를 사랑했다. 곰돌이 인형보다 더 부드럽던 털을, 작은 부리로 노래하던 목소리를, 뒤뚱거리며 거실을 돌아다니던 모습을.

연약한 생명체는 내 일상을 바꾸고 사랑을 알려주었다.

균형 잡힌 공간

걸어서 5분도 안 되는 거리에 근사한 카페가 있다. 주말이 되면 하얀 에코백에 아이패드, 공책, 필통을 넣고 그 카페에 다녀온다. 문을 열고 들어가면 소리 없는 정이 흐른다. 1980년도에 나온 어떤 노래 가사가 떠오른다.

너무 진하지 않은 향기를 담고
진한 갈색 탁자에 다소곳이
말을 건네기도 어색하게
너는 너무도 조용히 지키고 있구나
너를 만지면 손끝이 따뜻해
온몸에 너의 열기가 퍼져
소리 없는 정이 내게로 흐른다*

---

* 산울림, 〈찻잔〉, 1980년.

카페에 있으면 왜 기분이 좋을까? 명확히 설명할 수는 없지만, 카페에 가면 적당한 긴장을 느끼고, 적당한 편안함을 느끼고, 적당한 생산성을 느끼고, 적당한 휴식을 느끼고, 적당한 활발함을 느끼고, 적당한 지루함을 느낀다. 카페는 어쩌면 뭐든 적당해서 좋은 걸지도 모른다. 우리는 지나치게 과하거나 빈곤하면 힘들어하는 존재니까.

일상이 와르르 무너질 때, 카페에 가는 건 도움이 된다. 일상이 무너졌다는 건, 균형이 무너졌다는 뜻이니까. 카페는 그 무엇보다 균형 잡힌 곳이니까.

오늘도 가방에 짐을 싣고 뚜벅뚜벅 카페에 간다. 선인장처럼 가난하고 건조하고 뾰족한 마음을 주머니에 숨겨둔 채. 어떻게든 균형을 잡으려고 안간힘을 쓴다.

힘을 내야만 복구되는 사랑도 존재했다.

사랑스러운 거짓말

고등학교 등굣길, 어떤 여자애가 헐레벌떡 다가와 말했다.

"저기…… 스타킹 올 나갔어요."

"헐, 정말요? 감사합니다."

깜짝 놀라 스타킹을 확인해 보았다. 그런데 아무리 찾아도 구멍 난 부분은 없었다. 내가 못 찾은 건가? 다시 한번 확인해 보았다. 그런데, 갑자기 느낌이 싸했다. 고개를 들었다. 멀리서 여자애가 나를 보며 키득키득 웃었다.

'뭐지?'

0.1초 동안 잠시 멍해졌다. 순간 인지적 오류가 일어났다. 정신을 차리고 핸드폰을 확인해 보았다. 만우절이었다. 내가 건물로 나오자, 그녀는 까르르 웃으며 도망쳤다. 윽. 당했다!

만우절이라는 건 왜 생긴 걸까? 생각해 보면 조금 웃겼다. 거짓말을 허용하는 날이라니. 누군갈 속이고 골탕 먹이는 걸 너그럽게 용인하는 날이라니. 해괴하다. 그런데 재미있다.

내가 다녔던 학교는 여고였기에 남자에 굶주린 아이들이 많았다. 그래서 만우절에는 잘생긴 남자 선생님들이 주로 타깃이 되었다. 그녀들은 누가 봐도 거짓말 같은 거짓말을 계획하며 행복해했다. 종이 울리고, 수업 시간이 되었다. 선생님이 먼저 운을 뗐다.

“만우절인 거 아니까 이상한 거 하지 마.”

여자아이들은 키득대며 “쌤 저희는 그런 거 안 해요~.”라고 했다. 암묵적인 여론이 형성된 것이다. 우리는 모두 아무것도 모르는 척 수업을 진행했다. 그리고 몇 분 후, 누군가가 쓰러졌다. 준비한 치약 거품을 물고 말이다. 아이들은 “헐! 쌤! 얘 쓰러졌어요!”라고 했다. 어떤 아이는 울 것 같은 표정이었다. (연기를 잘했다.) 아이들은 혼신의 연기를 했지만 교실에서는 치약 냄새가 진동했다. 누가 봐도 연기한 게 티가 났다. 나는 속으로 외쳤다.

‘얘들아, 그만해……!’

선생님은 오묘한 표정을 지으며 쓰러진 아이에게 다가갔다. 쓰러진 아이는 고양이 시체처럼 정갈하게 누워있었다. 연기를 잘해서 진짜로 고양이 같았다.

그런데 그때였다. 갑자기 쓰러진 아이가 진짜 ‘고양이’로 변한 것이다! 선생님은 깜짝 놀라 말했다.

"이것도 너희가 계획한 거니?"

"헉! 아니요?!"

"아……아무리 그래도 사람이 고양이로 변할 리 없잖아!"

"쌤, 진짜 저희가 한 거 아니라니까요!"

"도대체 이게 뭐야……!"

……따위의 상상을 하며, 쓰러진 아이를 지켜봤다. (만우절 관련한 글이라 나도 거짓말을 해봤다.)

선생님은 쓰러진 아이를 등에 업었다. 치약 냄새는 여전히 교실에 진동했다. 쓰러진 아이는 그제야 깔깔깔 웃었다. 선생님은 맥이 빠진 웃음과 함께 쓰러진 아이를 내려놓았다. 학생들의 거짓말에 속은 척하는 웃음이었다. 아기가 괴물 흉내를 낼 때 엄마가 "어이구, 무서워!" 하는 것 같은 그런 웃음.

선생님은 "휴. 놀랐잖아, 얘들아."라고 했다. 여자애들은 선생님이 속은 줄 알지만, 사실 진짜로 속은 건 학생들일지도 모른다. 사랑이 담긴 교사의 거짓말에 그녀들은 속았다.

일상에 이벤트가 있던 그때가 조금은 그리워진다.

일상을 잘 산다는 것

일상이 색채 없는 회색 사진 같을 때가 있다. 일상이 바짝 말라버린 화분처럼 금방이라도 부서질 것 같을 때도 있다. 나에게 그런 날이 왔을 때, 나는 일상을 잘 사는 사람들이 부러웠다. 일상은 국어사전에 '날마다 반복되는 생활'이라는 뜻으로 등재되어 있다.

인간은 밥을 먹고, 일을 하고, 잠을 자고, 일이 없을 때는 허송세월을 보내고, 밥을 먹고, 잠을 자는 게 기본이다. 그러나 어떤 사람에게는 밥을 먹는 것도 일이고, 일을 하는 것도 일이고, 잠을 자는 것도 일이 된다. 이 기본적인 삶이 벅차고 '일'이 될 때, 사람들은 '일상이 무너졌다'고 표현한다.

그래서 일상이 무너진 사람에게 "밖에 나가서 산책을 해.", "햇빛을 봐.", "운동을 해."라는 말은 불필요한 조언 같다. 식사를 하는 것도 힘이 들고, 잠을 자는 것도 힘이 든 사람에게, 그보다 더 '동적인' 활동을 제안하는 건 아무리 봐도 이치에 맞지 않으니 말이다.

고민 많던 여름밤이었다. 이력서를 내도 회사에서는 아무런 연락도 없고, 아르바이트도 구해지지 않았던 시절이었다. 이불을 뒤척이며 눈이 아플 때까지 핸드폰을 보다가 눈을 감았다. 새벽 4시 이후의 공기는 매우 일정하고 고요하게 흘러갔다. 밤의 움직임은 (높낮이가 끊임없이 움직이는) 낮과는 다른 리듬이었다. 밤이 되면 여러 명의 목소리가 들렸다.

이대로 살아도 괜찮아? 그때 왜 그랬어? 한심해. 겨우 그런 선택밖에 못 하니까 이렇게 불행하지. 불행해지고 싶지 않아. 하지만 사실인걸. 나도 조금은 괜찮은 구석이 있어. 정말 그렇게 생각해? 가진 게 뭐가 있어. 편히 잠들고 싶어. 모두가 너를 속으로 무시해. 난 내가 너무 한심해. 이러다 외롭게 죽을 거야. 결국엔 혼자가 될 거야. 쓸쓸하고 두려워질 거야.

불안은 뿌리에서 올라오는 지진 같았다. 지진은 내면을 파괴했고 다짐을 무너트렸다. 불안은 얄미운 모기처럼 잡고 싶어도 잡히지 않고 계속 도망 다녔다. 불안은 기어코 흔적을 남겼고, 가려워서 긁게 되는 무언가 같았다. 긁은 자리에 남은 건 상처였다. 외면할 수 없는 고통이었다.

창문을 열어야겠다고 다짐한 건 최근이었다. 일상을 소중히 여기자 '창문'이 처음으로 눈에 들어오기 시작했다. 아니, 사실은 눈이 아닌 '마음'에 들어온 걸지도 모르겠다. 어느 날, 내 마음에 창문이 들어왔다.

문을 열면 출처가 불분명한 소음이 들렸다. 불안을 부르는 새벽 4시의 목소리가 아닌, 일상을 살아가는 목소리였다. 많은 힘을 내서 산책을 나가지 않아도 괜찮았다. 하루에 한 번, 창문을 여는 것만으로도 이미 충분했기 때문이다.

일상을 제대로 살아갈 때, 비로소 삶을 사랑할 수 있을 거란 확신이 들었다.

무탈한 하루

다가올 미래가 걱정되어도
오늘 하루는 무사히 보냈잖아.
그거면 됐어.
오늘 하루 무탈했다면,
그걸로 된 거야.

단골 가게의 행복

오랜만에 친구를 만났다. 그 친구는 두뇌 회전이 빠르고, 독실한 기독교이며, 수다 떠는 걸 좋아하므로 '총명 발랄 그리스도인'이라 부르겠다.

총명 발랄 그리스도인과 집 근처를 산책하는 길에, 디저트 카페를 발견했다. 너무 작아서 눈에 안 띄는 작은 간판의 디저트 카페였다. 처음 보는 곳인데 새로 생긴 것 같지 않게 살짝 낡아 있었다. 마치 코트 주머니에서 발견된 쿠키 같았다.

나는 상상 속 쿠키를 한 입 베어 물었다. 조금 눅눅해서 촉촉한 쿠키 맛이었다. 고개를 치켜들었다. 얼기설기 전선줄이 늘어져 있었다.

"저기 한번 가볼래?"

작고 구석진 곳의 디저트 카페는 어떨지 궁금했다. 그리고 동시에 작은 서글픔을 느꼈다. 대형 카페와 묵묵한 경쟁을 하는 게 느껴졌기 때문이다. 나는 잠시 사장님이 가난에 허덕이는 상상을 했다.

"아이고. 이번 달에도 매출이 안 나오네……."

"여보. 이제 장사 접자."

"조금만 더 버텨보자."

"이제 할 만큼 했잖아!"

"열심히 하면 잘될 거야……."

아기자기하고 순수한 걸 보면 몰래 슬퍼진다. 사람들은 아무래도 프랜차이즈 카페를 더 많이 간다고 생각했나 보다. 나와 총명 발랄 그리스도인은 문을 열고 디저트 카페로 들어갔다. 들어서자마자 포근한 빵 반죽 냄새가 났다. 상상보다 손님이 많아 괜히 죄스러운 마음이 들었다.

맞은편에는 빵과 조각 케이크가 있었다. 작은 공간인데 야무지고 낭비 없이 활용한 느낌이었다.

"처음 오셨어요?"

빈틈없이 머리를 묶은 사장님이 웃으며 물어보았다.

"네."

"단 거 별로 안 좋아하시는 분들은 이거(무화과 타르트) 드시면 좋아요."

"그래요?"

"네. 보시고 천천히 말씀해 주세요."

투명한 케이스에 여러 종류의 조각 케이크가 있었다. 주인은 케이크를 먹는 방법과 케이크에 들어간 재료를 친절하게 설명해 주었다. 설명 안에 자부심과 사랑이 느껴졌다.

"처음 오셨으니까, 크림 도넛은 서비스로 드릴게요. 하나 드셔보세요. 아! 이 부분은 꾹 누르고 드세요."

우리는 집에 돌아와 아이스 아메리카노와 디저트를 먹었다. 우연히 발견한 그곳은 나의 단골 가게가 되었다.

단골 가게가 있다는 건 기쁜 일이다.

무언가를 지속적으로 사랑할 수 있다는 증거니까.

좋은 여행에 대하여

사람들은 일상에서 탈출하고 싶을 때 "여행 가고 싶다."라고 말한다. 여행은 언제, 어디를 갈 때 가장 의미 있을까?

여행은 '누구랑' 가느냐가 제일 중요한 것 같다. 아무리 좋은 곳을, 좋은 타이밍에 가도, 같이 가는 사람과 트러블이 생기면 즐겁지 않기 때문이다. 여행은 '즐기러' 가는 것이기도 하지만 '팀플레이'를 하러 가는 것 같기도 하다.

그런 의미로, 혼자 가는 여행도 꽤 매력적인 거 같다. 몇 년 전 겨울, 난생처음으로 혼자 창원 여행을 간 적이 있다. 창원에서 꼭 보고 싶었던 콘서트를 했기 때문이다.

처음에는 모든 게 무서웠다. 기차를 잘못 탈까 봐, 핸드폰을 잃어버릴까 봐, 가방을 도둑맞을까 봐, 납치를 당할까 봐, 숙소를 못 찾을까 봐 등.

기차에서 내린 후, 역 근처에서 콩나물국밥을 먹었다. 그리고 공연 시작 1시간 전, 카페에서 힐링을 하고 공연을 보았다.

여기까지는 정말 행복했다. 진심으로……. 그런데 문제는 그 다음부터였다. 겨울이라 해가 너무 빨리 떨어지는 것이다. 숙소로 가야 되나 싶었지만 계획한 호수를 보기로 했다. 호수로 가자 노을이 보였고 정말 예쁜 풍경이었는데 한편으로는 불안했다. 밤에, 혼자, 길거리에 있는 걸 별로 좋아하지 않기 때문이다.

가끔 그런 악몽을 꾼다. 어두운 광장에 혼자 남겨지는 꿈. 나는 밤거리를 다른 사람들보다 더 무서워한다. 누군가와 같이 있을 땐 그나마 괜찮지만, 혼자 있을 땐 정상 범주를 넘어선 공포를 느낀다.

저녁밥도 먹어야 하는데 혼자 낯선 곳에 왔다는 게 갑자기 조금 무서웠다. 아. 그냥 집에 갈까? 고민이 들었다. 아니야. 여기까지 왔는데. 계획한 횟집에 가기 위해 용기를 내서 택시를 탔다. 빛 한 점 없는 고속도로를 달리며 나는 즐거움이 아닌 공포를 느꼈다. 가는 길마다 너무 외지고 어두웠기 때문이다.

'혹시 아저씨가 납치범이면 어떡하지? 혹시 이 사람이 이상한 곳으로 데려가면 어떡하지?'

택시에 내려 횟집에 도착했다. 다행히 아저씨는 납치범이 아니었다. 나는 가게에 들어가 방어회를 주문했다. 내 옆엔

커플이 앉아 있었으므로 계획에 없던 소주도 시켰다. 혼자 앉아있으니 어쩐지 처량한 느낌이 들면서 한편으로는 엄청 독립적이고 씩씩한 여자가 된 것 같았다.

방어회는 서울에서 먹었던 것과는 차원이 다르게 맛있었다. 우와, 회라고 해서 다 같은 맛이 아니구나……. 소소한 행복을 느끼며 문득 그런 생각이 들었다.

'나쁜 건 좋은 걸 더 좋게 느끼게 하는구나.'

숙소에 갈 땐 버스를 타고 갔다. 버스는 고속도로를 달리지 않아서 좋았다. 고속도로를 달리면 어쩐지 쓸쓸하고 공허한 기분이 들지만, 버스를 타면 건물도 보이고 나무도 보이고 사람도 보여서 괜히 안심이 됐다.

팀플레이가 하기 싫어서 혼자 여행 온 건데, 나는 그 속에서 또 사람을 찾고 있었다.

겨울이 되면 그때의 여행이 가끔 생각난다. 어쩌면 재밌는 여행보다 '기억에 남는 여행'이 더 좋은 여행이라는 생각도 든다. 지루한 일상을 버티게 하는 건 그런 기억일지도 모른다. 다음에는 사랑하는 사람과 가고 싶다.

주말 아침의 즐거움

회사에 다니면 좋은 점이 있다. 그건 바로, 주말이 두 배로, 아니 열 배로 달콤해진다는 점이다.

주말 아침은 짧지만 많은 행복을 주는 것 같다. 우선 주말 아침에 눈이 일찍 떠지면 기분이 좋다. 하루를 조금 더 길게 가질 수 있기 때문이다.

주말 아침의 나른한 풍경도 좋다. 창문에서 흔들리는 하얀 커튼, 빨래가 다 되면 나오는 세탁기 노랫소리, 베란다 문에서 나는 섬유 유연제 향기, 거실 소파에서 먹는 아이스 아메리카노 등…….

나는 예전에 행복을 폭넓은 기준으로 생각했다. "인생을 행복하게 살고 싶어!" 하고. 그런데 생각해 보면 '인생'은 너무 길었다. 하루 종일 24시간 내내 행복을 느끼는 것도 어려운

데, 인생을 행복하게 살고 싶다니.

내가 어떤 순간을 좋아하는지 아는 건 중요한 것 같다. 예를 들어 어떤 사람은 금요일의 퇴근길을, 어떤 사람은 새벽 아침을, 어떤 사람은 오후 낮잠 시간을 좋아하듯이. 하루 중 내가 제일 좋아하는 시간은 분명 있을 것이다.

행복은 '순간'과 닮아있다. 순간을 놓치지 않는다는 건 행복을 놓치지 않는다는 말과 동의어이다.

예전 일기장에, 이런 문구가 적혀 있었다.

행복한 삶이 아닌, 행복한 순간들에 집중하자.

불행에 민감한 것보다 행복에 민감한 게 훨씬 어려운 일일지도 모른다. 행복 센서를 조금 더 민감하게 작동해 봐야겠다. 일상에 묻어있는 사랑을 발견하기 위해.

추억의 음식

어렸을 땐 먹는 걸 싫어했다. 음식이 꼭 억지로 먹는 알약 같았다. 그러나 시간이 지날수록 나도 점점 음식을 좋아하기 시작했다. 음식에 대한 추억은 셀 수 없이 많다.

① 분식점 떡볶이

초등학교 시절, 학교 앞 분식점은 나에게 음식의 맛을 일깨워주었다. 빨간 양념의 떡볶이와 검은색 춘장의 짜장 떡볶이. 학교가 끝나면 그곳에서 작은 즐거움을 느꼈다.

② 삼겹살

처음으로 삼겹살을 먹었을 땐, 생각보다 별로여서 실망했다. 하지만 삼겹살은, 무언가와 함께 먹을 때 맛있다는 걸 깨달았다. 구운 김치와 함께, 보글보글 된장찌개와 함께, 파무침과 함께, 쌈 채소와 함께, 어른이 돼서는 소주와 함께! 행복이 별거 없다고 느낀다.

③ 파스타

큰 접시에 김이 모락모락 올라오는 토마토 파스타를 처음 보았을 땐, 어딘가 기품이 느껴졌다. 왠지 라면이나 잔치국수처럼 후루룩 흡입하면 안 될 것 같은 느낌이었다. 드라마에서 파스타 먹는 모습이 떠올라 수저에 면을 돌돌 말았다. 그걸 따라 하느라 애 좀 먹었다.

④ 감자튀김과 맥주

만화 〈짱구는 못 말려〉에서 짱구 아빠 신형만이 맥주를 마시며 “캬아~!” 하던 걸 몇 번 봤다. 맥주가 무슨 맛이길래 저렇게 맛있게 먹지? 어른이 되어 맥주를 마셔보니 신형만의 “캬아~!”는 만화적 연출이라는 걸 깨달았다.

몇 년 후, 일을 마치고 집에 가는데 맥줏집이 보였다. 그때 봉X비어, 춘X비어, 땡X비어 등의 이름을 한 맥줏집이 많이 생기던 시기였다. 나는 가게에서 감자튀김과 생맥주를 시켰다. 그리고 맥주를 한 모금 들이켰다. 그러자 나도 모르게 “캬아~!”를 해버렸다. 그때 나는 알았다. 맥주는 퇴근 후에 마셔야 진가를 발휘하는구나……!

먹는 행복은 행복에 대한 진입 장벽을 낮춰주고, 행복이 별거 아니라는 걸 느끼게 해준다. 어쩔 땐 행복이 너무 싱겁고 쉬워서 헛웃음이 나온다. 행복해지기 위해 부단히 애썼는데, 행복이 이렇게 간단했다니 싶다.

가끔 '왜 이렇게까지 힘들게 일해야 하나'하고 억울한 마음을 품을 때가 있다. 노동에 대한 동기부여가 없기 때문이다. 그런데 맛있는 음식을 먹으면 납득이 된다. 그래, 이런 걸 먹으려고 돈 버는 거구나……. 하고. 나는 언제나 맛있는 음식 앞에서 노동에 대한 동기부여를 느꼈다. 그 사실이 애잔하면서도 스스로가 조금 귀엽게 느껴진다.

어떤 음식은 이렇게 말해 주기도 한다.

"너는 까다로운 사람이 아니야. 너는 소외되지 않은 보통의 인간이야. 봐봐. 음식 하나에도 이렇게 행복해하고 있잖아. 너는 사소한 거에도 행복해질 수 있는 무던한 사람이야."

음식은 (먹는 것뿐만 아니라) 만드는 과정에서도 힐링이 된다. 요리만큼 다정한 게 또 있을까 싶을 정도로. 세상일은 내 마음대로 안 돼도 요리는 정직하다. 선선한 가을에 봤던 영화 〈줄리&줄리아〉의 명대사가 떠오른다. 초콜릿 크림 파이를 만드는 장면에서 했던 말이다.

> "요리가 왜 좋은지 알아?"
> "왜 좋은데?"
> "직장 일은 예측불허잖아. 무슨 일 생길지 짐작도 못 하는데 요리는 확실해서 좋아. 초콜릿, 설탕, 우유, 노른자를 섞으면 크림이 되거든. 맘이 편해."

사랑으로 배를 든든히 채우고 싶은 날이다.

덕질이란 무엇인가

장난처럼 사용되었던 '덕질'이라는 단어가 온라인 사전에 등재되었다.

> **덕질**
>
> 어떤 분야를 열성적으로 좋아하여 그와 관련된 것들을 모으거나 파고드는 일.

나는 새벽을 싫어한다. 그런데 새벽에 자주 깨어있다. 마음이 자주 소란스러워서이다. 그런데 새벽을 싫어하던 내가, 새벽을 좋아하게 된 것은 '덕질' 덕분이다. 모두가 잠들 무렵, 픽사 영화를 본 후부터 말이다.

픽사 영화 중 가장 좋아하는 영화는 〈벅스 라이프〉이다. 다들 〈토이 스토리〉를 꼽을 때, 나는 〈벅스 라이프〉를 꼽는다. 〈벅스 라이프〉 주인공 플릭은, 조금 별나고, 매번 실수하고, 혼나고, 기죽고, 살던 곳에서 쫓겨나지만, 그걸 극복하려고 엄청나게 애를 쓴다. 1시간 30분 남짓한 영화이다. 나는 새벽이 되면 내가 자주 싫어진다. 그런데 덕질은 나를 잠깐 소멸시켜준다. 풍덩 뭔가에 빠지면 내가 잠시 없어지니까. 몰입이 주는 즐거움이란 그런 듯했다. 나는 영화를 보는 동안은 내가 아닌 플릭(주인공)이 되어본다.

영화 주인공 플릭이 말했다.

"이걸 씨앗이라고 생각해. 상상하는 거야. 자, 나무가 보이지? 이 거대한 나무가 벌써 작은 씨앗 속에 들어있던 거야. 시간, 햇빛, 약간의 비만 내리면 이렇게 변하는 거야. 아직 나무가 되지 않아서 아무것도 해내지 못할 것 같지. 넌 아직 씨앗이니까 좀 더 기다려 보는 거야."

영화에서의 풋풋함과 순수함과 열정이, 나에겐 엄청난 용기를 준다. 그리고 그 용기는 많은 일을 해내게 한다. 덕질은 확실히 인생을 이롭게 한다. 싫어하는 시간을 사랑하게 한다.

글에서만 솔직한 애정

가끔 타인이 그리울 때 편지를 쓴다. 내 직업은 고립이 필수라 외로울 틈이 많기 때문이다. 혹은 타인을 행복하게 해주고 싶을 때도 편지를 쓴다. 편지는 가장 이타적인 글쓰기 방식이라, 내가 너무 나에게만 관심이 있는 걸 방지하기도 했다.

편지 안에선 낯간지러운 말들이 전혀 어색하지 않아서 신기했다. 일상에서는 하지 못하는 다정한 문장이, 편지를 쓰면 아무렇지도 않게 나왔다. 편지는 다정함 앞에서 뻔뻔해지는 연습인 듯했다. 예를 들면 이런 것이다.

> 남에게 인색하고 우정에 서툴렀던 내가, 너를 보며 베푸는 즐거움을 조금씩 배워가. 우리가 절친이라 다행이야.

이런 말을 일상에서는 절대 입 밖으로 내뱉을 수 없다. 왜냐하면 어마어마하게 부끄럽기 때문이다…….

어쩌면 이 다정함은, 지루하고 단조롭고 외로운 일상 덕분일지도 모른다. 10시간 넘게 입을 다물고 있는 일상은 드물기 때문이다. 재미없는 일상이 만들어낸 애정 표현법이다.

예전에 그런 일도 있었다. 생일날, 친구들끼리 집에서 생일파티를 하는데, 갑자기 성급한 성인군자가 내 방으로 갔다. 그러더니, 책장에서 아주 개인적이고 비밀스러운 노트를 (어디서 찾았는지 모르겠지만) 꺼냈다. 나는 깜짝 놀라 노트를 뺏으려 했지만, 성급한 성인군자는 낄낄 웃으며 내용을 소리내어 읽기 시작했다.

"내.가.일.주.일.후.에.죽.는.다.면.무.엇.을.할.것.인.가!"

거실에 있던 친구들은, 성급한 성인군자의 (사악한) 목소리를 듣고 내 방으로 몰려들었다. 나는 그날 친구들이 작은 악마로 보였다. 성급한 성인군자는 계속해서 노트를 읽었다.

"월요일! 가족한테 사랑한다고 말하고 하.루.종.일.같.이.있.고.싶.다!"

친구들은 "오~." 하며 작은 감탄사를 내뱉었다. 나는 당황해서 노트를 빼앗으려 했으나, 성급한 성인군자는 웃으며 다음 내용을 읽었다.

"화요일과 수요일! 가족들과 하.루.종.일.같.이.있.고.싶.다!"

친구들은 또다시 "오~." 하며 감탄사를 내뱉었다.

"목요일! 고등학교 친구들을 만나 사.랑.한.다.고.말.하.고.싶.다!"

친구들은 까르륵 소녀같이 웃으며 "뭐야~. 그런 거였어?"라고 말했다. 악마 같은 친구들에게 속마음을 들켜버렸다. 성급한 성인군자 때문이라고 해야 할지, 덕분이라고 해야 할지 모르겠다고 생각하며, 친구들을 거실로 쫓아내고 방문을 닫았다.

"앞으로 들어오지 마."

친구들은 나의 엄포에도 타격 제로인 표정으로 알겠다고 대답했다. 우리는 햄버거를 사러 갔고, 저녁이 되어서야 헤어졌다. 나는 누군가의 눈동자를 보면 언어를 잃은 사람처럼 말문이 막힌다. 나는 언제나 글 앞에서만 유창해진다. 그래서 글이라는 부호로 사랑의 마음을 전달할 수밖에 없다.

반쪽짜리 인생

고등학교에서 처음 만나, 지금까지 우정을 이어온 4명의 친구들이 있다. 한 명은 투명한 산타클로스, 한 명은 성급한 성인군자이다. 또 다른 한 명은 갈색 푸들을 키우는데, 그 푸들을 엄청나게 아껴서 '갈푸(갈색 푸들)바라기'라 부를 것이다.

나는 갈푸바라기와 투명한 산타클로스와 성급한 성인군자를 만났다. '모범생 프로게이머'의 결혼식 날, 축가를 불러주기로 했기 때문이다. ('모범생 프로게이머'는 공부도 잘하고 게임도 잘해서 만든 별명이다.)

우리는 노래 연습을 하기 위해 합주실로 모였다. 어떤 방에서는 (춤 연습을 하는지) 힙합 노래가 들려왔고, 복도에서는 연습생들이 검은색 반팔 티를 입고 돌아다녔다. 그런 광경을 보자니, 우리가 문득 급하게 결성된 걸그룹 같아서 어쩐지 데뷔를 앞둔 심정이 되었다.

급히 결성된 걸그룹들은 곡을 다섯 개로 추려 하나씩 불러 보았다. 그중 가장 부르기 쉽고, 밝고, 우리와 잘 어울리는 곡을 골랐다. 모범생 프로게이머에게는 어떤 곡인지 밝히지 않았다. 언젠가 들킬 비밀이었지만, 우리는 그 비밀을 최대한 오래 유지했다.

그렇게 우리는 일주일에 한 번씩 연습실에 모였다. 모두가 바쁜 와중에도 성실히 참여했다. 한 달이라는 기간을 잡고 연습을 한 건 탁월한 선택인 듯했다. 우리는 결혼식 일주일 전에도 가사를 틀렸기 때문이다. 나만 틀리지 않아서 다행이라는 생각이 들었다. 모두가 속으로 긴장했다는 증거였다. 친구의 결혼식에 축가를 부르는 건, 모두가 처음이었기 때문이다.

결혼식 당일이 되어, 우리는 모두 결혼식장에 모였다. 갈푸바라기는 애인이 있었으므로 애인과 함께 왔다. 모범생 프로게이머는 내가 입었으면 엄청나게 어색했을 드레스를 아무렇지도 않게 잘 소화했다. 투명한 산타클로스는 어쩐지 작은 쓸쓸함을 느끼는 듯 자기도 결혼하고 싶다고 말했다. 사실 나도 같은 생각이었지만 그걸 크게 드러내진 않았다. 사실 우리는 모두 작은 부러움을 느끼는 듯했다. 사랑하는 사람과 함께 살고 싶은 욕망은 여자라면 충분히 가질 수 있는 마음이었다.

우리는 모범생 프로게이머의 결혼식을 지켜보며 축가 순서를 기다렸다. 예식장에서는 아무도 축가가 언제 시작되는지 알려주지 않았기에, 우리는 언제 불릴지 모르는 축가 순서를 기다렸다. 그런데 그때였다.

"네, 다음은 신부 측의 친구들이 부르는 축가가 있을……."

우리는 작은 목소리로 "으악!" "어떡해!" "우리다!" 등의 호들갑을 1초 정도 떨었다. 피할 수 없는 자리였다. 피할 수 없는 일에는 평소보다 더 많은 용기가 필요했다. 청심환을 안 먹은 게 그제야 생각났다.

앞으로 나가자, 누군가가 우리에게 무선 마이크를 나눠줬다. 그리고 뒤이어, 커다란 스크린이 쭉 내려왔다. 스크린에 영상이 나오면 우리는 노래를 시작해야 했다. 영상에는 노래 가사와 반주가 들어 있었다. 결혼식 전날, 친구들에게 장난으로 그런 말을 한 적이 있다.

"만일 당일에 영상 안 나오면, 내가 피아노 반주할게!"

나는 그 스크린이 내려가는 순간, 문득 영상이 나오지 않는 상상을 했다. 그럴 가능성은 희박하겠지만, 만일 그러면 정말 큰일이라는 생각이 들었다. 그럴 경우를 대비해, 예전에 축가 곡을 피아노로 연습한 적이 있다. 딱 30분만 연습했었기에, 솔직히 연습을 했다고 할 수도 없었다. 만일 영상이 나오지 않으면, 30분밖에 연습하지 않은 피아노를 악보 없이 쳐야 할 수도 있었다. 제발 그런 사고는 없길 바랐다. 사실 앞서 투명한 산타클로스가 "여기 예식장에 두 번 정도 와봤는데, 둘 다 마이크 안 나오는 음향 사고 있었어."라고 말했기에 더 겁이 났다.

하지만 다행히도 영상이 나오고, 반주 소리가 들렸다. 그 몇 초 사이에, 반주 소리를 듣고 근심을 거두었다. 첫 소절은 성급한 성인군자가 불렀고, 다음 소절은 내가 불렀다. 그리고 그다음 소절은 누가 불렀는지 헷갈린다. 내가 부른 부분만 신경 썼기 때문이다.

우리는 정신없이, 그리고 실수 없이 축가를 부르고 무대로 내려왔다. 그렇게 결혼식이 끝이 났다.

식이 끝난 후 단체 사진을 찍고, 뷔페에서 밥을 먹고, 카페에 가서 커피를 마시고, 술집에 가서 술을 마셨다. 결혼을 한 모범생 프로게이머와 애인을 데려온 갈푸바라기를 보니, 내가 제일 결혼을 늦게 할 것 같은 불길한 예감이 들었다. 사실 예감을 넘어서 '확신'마저 들었다. 그리고 그 기분은 나를 더할 나위 없이 외롭게 만들었다. 내 곁엔 나를 사랑해 주는 이성이 없어서, 사랑하는 친구들이 떠나면 아무도 남지 않을 거란 생각이 들었다. 행복한 날임에도 행복은 내가 행복할 틈을 잘 주지 않았다.

모범생 프로게이머는 앞으로 어떤 일상을 살게 될까. 결혼을 하면 일상이 얼마나 어느 정도로 달라질까. 내 결혼 생활은 도무지 상상이 안 돼서, 해리 포터가 마법을 부리는 게 더 현실적으로 느껴진다. 왠지 내 생각에, (결혼을 해보지는 않았지만) 결혼을 하면, 완전히 다른 일상이 펼쳐질 것 같다. 그래서 결혼을 하지 않으면, 삶을 '반쪽'만 산 거나 다름없게 될 것 같다. 그래서, 나중에 이혼하게 되더라도 한 번은 결혼이라는 걸 꼭 해봐야지 싶었다. 내 일상이 왜 무미건조했는지 아주 조금은 알 것 같았다. 사랑하는 사람이 없어서였다.

3장

사람을 사랑하기

사람 사이에는 온기가 필요하다.
불순한 의도나 목적은 없고,
갓 구운 빵처럼 즐거움, 행복,
사랑만이 남아있는 순수한 온기.

외면과 오해

"걔를 어떻게 하면 좋을까?"

"뭐가?"

"걔가 그 이모티콘을 안 썼으면 좋겠어."

"그리고?"

"걔가 내 눈을 피하지 않았으면 좋겠어."

"또?"

"걔가 말할 때마다 내 말에 웃어줬으면 좋겠어."

"마지막으로?"

"나를 사랑해 줬으면 좋겠어."

"너는 완벽한 사람을 원하는구나."

오로지 맞는 말만 해서 마음에 화살을 꽂는 '화살 팩폭러'가 있다. 화살 팩폭러는 나와 아주 오랫동안 알고 지냈다. 성별은 남자가 될 수도, 여자가 될 수도 있다. 남성 호르몬인 테스토

스테론이 높아지면 남자로 변하고, 여성 호르몬인 에스트로겐이 높아지면 여자로 변한다. 화살 팩폭러의 나이는 컨디션에 따라 7살이 될 수도, 93살이 될 수도, 17살이 될 수도 있다.

화살 팩폭러는 나의 또 다른 자아이다.

나는 인간관계에 서툴다. 연애도 서툴고 우정도 서툴고 사회생활도 서툴고 가족관계도 서툴다. 조금이라도 긍정적인 반응이 돌아오지 않으면 포탄에 맞은 것처럼 아프다. 깃털처럼 작은 반응에도 묵직한 상처를 느끼니, 상대의 입장에서는 난처할 게 분명하다.

그런 일도 있었다. 누군가가 내가 한 행동에 오해를 해서 크게 서운해한 적이 있다. 내 입장에서는 정말 별 의미 없는 작은 행동이었고, 악의 또한 전혀 없었다. 그리고, 내가 배려심이 없는 성향도 아니었고, 늘 언행을 조심하는지라 상대가 서운해할 줄은 정말로 몰랐다. 그런데 상대방이 너무 크게 화를 내며 서운해하니까, 내 입장에서는 엄청나게 당황스러워서 화도 안 났다. 그저 그런 생각이 들었다. '다른 사람이 이 일을 겪었어도 서운해했을까……?'

그래서, 내가 믿는 소수의 사람들에게 '이런 일이 있었는데 걔가 서운해하더라. 이게 그렇게 서운한 일인가?'라고 물어보았다. 그랬더니 아니라고 했다. 그 서운함은 걔의 주관에 근거한 서운함이라고 했다. 객관적인 상황만 놓고 보았을 땐, 서운해할 만한 일은 아니라고 했다.

아. 순간 머리가 멍해졌다. 친구가 나에게 서운해했을 때 내가 당황했던 것처럼, 나도 상대에게 작은 일로 서운해한 적이 있다. 그때 상대도 내가 느꼈던 당혹감을 똑같이 느꼈을 것이다……. 나의 과오를 반성하기 위해 이런 사건이 벌어진 건가 싶었다. 그러니까 한 마디로, 벌을 받은 것 같았다. 오해를 받는 건 엄청나게 억울한 일이라는 생각이 들었고, 사실 공격받는 느낌이 들기도 했다. 솔직히 말해서 상대의 입장이 이해되지 않은 채 사과했다. 하지만 상대의 입장에서는, 자신의 감정이 정당하다고 느낄 수도 있었다. 하지만 그 정당함의 근거는 분명 논리보다 감정이 앞섰을 것이다. 비록 자신의 논리체계가 분명하지 않더라도 자신의 기분이 상한 건 분명했으니까 사과받을 이유도 충분하다고 생각했을 것이다. 나 또한 나로 인해 기분이 상한 게 맞다면 사과하는 게 옳다고 생각했다. 하지만 되도록이면 상대의 마음을 조금 더 이해한 후 사

과하고 싶었다. 그런데 나로서는 상대의 입장이 이해가 안 돼서 조금 답답했다…….

나는 그 일을 계기로, 내 감정이 비합리적이라고 느껴지면 상대 탓을 하기 전에 나를 한 번 더 돌아보자고 다짐했다. 그 아이 덕분에 나의 부족한 점을 깨달을 수 있었고, 인정할 수 있어서 그 점은 고마웠다.

나는 그동안 그 아이처럼 사람들을 함부로 오해했고, 그걸 아무렇지도 않게 표현했다. '내가 서운하니까 네가 잘못한 게 맞아!' 하고. 그런데 그건 감정일 뿐이고 감정은 판단의 근거가 되어서는 안 된다. 판단의 근거는 오로지 사실에 입각해야 한다. 내가 서운한 게 있으면, 서운함을 느끼는 근거가 사실인지 상대에게 정중히 물어야 한다. 왜냐하면 오해를 받으면 상대는 공격으로 느낄 수도 있기 때문이다.

화살 팩폭러는 이렇게 말했다.

"어쩌면 너는 공격적인 인간관계를 해왔으면서 공격받는다고 착각한 건 아니냐. 착각이 아니더라도 그냥 외면하는 게 더 이득 아니냐. 인간관계에 시간 낭비를 할 거면 좀 더 유익

한 방향으로 낭비하는 게 어때?"

인간관계에서 함부로 오해하지 않는 능력을 기르는 건 엄청나게 중요하다. 또한 그 오해가 사실이더라도, 굳이 상대의 까만 속마음을 보지 않는 게 더 유익하다. 설령 상대방이 여우처럼 티 안 내며 속을 긁은 게 맞다 하더라도, 차라리 눈치를 안 채는 게 내 인생에 더 도움이 된다. 내 추측이 맞다는 확신이 들더라도 말이다. 까만 속마음을 해부하고 곱씹어 볼 이유가 없다. 그 시간에 차라리 더 즐겁고 생산적인 일을 하는 게 낫다.

오해하지 않는 연습과, 까만 속마음을 외면하는 연습은 인간을 사랑하는 또 다른 방법이 될 것이다.

나쁜 우연과 좋은 우연

수련회 때 있던 일이다. 소문에 의하면 수련회는 낮보다 밤이 더 재미있다고 들었다. 기대한 밤이 찾아왔다. 나는 친구들과 작은 목소리로 수다를 떨었다. 몰래 떠는 수다라서 더 스릴 있고 재밌었다. 그런데 그때였다.

"안 자는 사람 누구야!"

선생님이 갑자기 방으로 들어왔다! 우리는 깜짝 놀라서 자는 척 연기했다. 공기가 무겁게 흘렀다. 선생님이 갔는지 확인하려고 반쯤 눈을 떴다. 그런데 갑자기 탁! 하고 불이 켜지는 것이다. 알고 보니 선생님이 계셨다. 선생님은 우리가 자는 척하는 걸 알고 본인도 없는 척 연기했다. 이른바, 정적을 이용한 범인 찾기. 나는 다시 눈을 감았다. 심장이 너무 두근거렸다. 들키면 어떡하지. 들키면 안 되는데…….

"안 자고 다~ 지켜보고 있으니까 돌아다니지 마라."

선생님은 협박성 멘트와 함께 불을 끄고 사라지셨다. 발걸음 소리도 점점 더 멀어져 갔다. 이번엔 진짜로 간 게 분명했다. 안 자고 있던 친구들은 재밌다는 듯 키득거리며 "담탱이('담임 선생님'의 은어) 갔다!"라고 했다. 그들은 공포를 즐기고 있었다. 그때, 친구가 말했다.

"야, 옆방 가자."

수련회의 진짜 재미는 모두가 잠든, 아니 잠든 척을 하는 밤에 찾아왔다. 그들은 어른들의 규율을 벗어나는 걸 재미로 여겼다.

"난 졸려서 먼저 잘게."

하나도 졸리지 않았다. 사실 진짜 속마음은 이러했다.

'난 쫄려서 먼저 잘게…….'

잠이 오지 않았으나 최대한 졸린 목소리로 하품하며 대답했다. 친구들은 알겠다면서 살금살금 문 쪽으로 걸어갔다. 그들은 들키기 직전의 공포가 무엇인지 몰랐다. 그래서 더 용감하게 행동했다. 나는 이불을 뒤척이며 그들이 오기를 기다렸다. 그런데 그때, 갑자기 불이 켜졌다!

"다 어디 갔습니까?"

호랑이 교관의 목소리였다. 망했다고 생각했다. 아. 하필 눈뜨고 있을 때 오다니. 게다가 교관과 눈이 딱 마주치다니.

"어디 갔냐고 물었습니다."

들킬 뻔했을 때의 감정은 공포였으나, 들켜버렸을 때의 감정은 체념에 가까웠다.

"애들 옆방 갔어요."

호랑이 교관은 내 고백을 듣고 옆방으로 찾아갔다. 그러자 몇 분 후 친구들이 왔다. 그런데 그들의 눈빛이 조금 이상했다. 분명 우린 친구였는데, 미워하는 사람을 보는듯한 눈빛으로 나를 보고 있었다. 의아했다. 내가 뭘 잘못했지? 그런데 그때였다.

"네가 말했지?"

한 친구가 내게 말했다. 나는 순식간에 비밀을 고자질한 사람이 된 것이다. 두려웠다. 또래 집단에서 버림받을 거라는 두려움. 무리에서 이탈될 때 느껴지는 두려움. 호랑이 교관에게 자는 척하는 걸 들켰을 때와는 종류가 다른 두려움……. 누군가에게 미움받으면 이런 기분이구나. 나는 아무 말도 못하고 얼어있었다. 그런데 그때였다.

"야. 네가 말했냐고!"

친구가 또 한 번 면접관처럼 압박 질문을 던졌다. 이젠 정말로 선택해야만 하는 상황이었다. 거짓말을 해야 하나? 아니면 진실을 말해야 하나? 나는 무의식중에 알고 있던 것 같다. 말 한마디로 인해 앞으로의 학교생활이 얼마나 달라질지 말이다.

"응. 미안……."

거짓말이 들키면 완전히 미움받을 것 같았기에, 사실을 말하고 덜 미움받는 걸 선택했다. 그날 이후, 나는 왕따를 당했다. 슬픈 결말이다.

지금 생각해 보니 조금, 아니 많이 억울한 일이었다. 그땐 내가 다 잘못한 줄 알았는데, 딱히 내 잘못도 아니었다. 나는 대부분의 문제를 '나'로 귀인 한다. 내가 더 잘했더라면, 내가 더 신경 썼더라면 하고. 하지만 이건 내 잘못이 아니었다. 그저 '우연히' 왕따를 당했을 뿐이다. 나쁜 우연에 상처를 입고, 좋은 우연에 회복됐을 뿐이다.

모두가 '행복한 우연'을 만나, 행복한 우연을 줄 수 있기를 소망한다. 사랑스러운 우연이 가득한 세상에는, 사랑스러운 사람들이 많을 것이다. 문득 사랑스러운 사람이 되고 싶다는 능글맞은 생각을 한다.

외로움에 대하여

혼자 맥도날드에 왔다. 배가 고파서 들른 곳이었다. 2인용 식탁에 앉아 햄버거 세트를 먹었다. 그런데 그때였다. 어떤 남자가 말을 걸었다.

"저기요."

"네?"

"의자 좀 빌려도 될까요?"

앞 테이블 남자가 물었다. 온 사람은 다섯 명인데 의자는 4개밖에 없었나 보다. 나는 "싫어요!"라고 할 만한 이유가 없었기에 의자를 빌려줬다. 앞 테이블 남자 다섯 명은 북적북적 자리에 앉아 대화를 나눴다. 내 앞엔 의자가 없었다. 앞이 휑해서 남자들이 더 잘 보였다. 의자가 없다는 사실만으로 두 배는 더 쓸쓸해졌다.

외로움은 언제나 예고 없이 찾아왔다. 외로움이 소나기처럼 한 번에 쏟아졌기 때문이다. 비는 오는데 우산이 없어서 무방비 상태가 되었다. 비에 쫄딱 맞은 길고양이처럼 말이다. 이상했다. 없어진 건 고작 의자 하나뿐인데, 마음이 더 쓸쓸하고 허전한 게.

탁자에 의자가 있는 이유는 '누군가 앉을 가능성' 때문이다. 나는 의자를 잃은 게 아니라 누군가가 곁에 있을 가능성을 잃었다.

외로움은 혼자일 때 느끼는 감정이다. 그런데 외로움을 느끼는 이유는 사람이 필요해서가 아니다. 나를 필요로 하는 사람이 없다고 느끼기 때문이다. 나는 남자가 의자를 찾음으로써 내 존재의 불필요성을 더 선명히 느꼈다. 의자보다 가치 없는 인간은 고독이 확정된 시간을 견뎌야 했다.

사람들의 소음이 불필요하게 느껴졌다. 그런데 감자튀김을 케첩에 찍어 먹을 땐 잠시 혼자인 걸 잊게 됐다. 그래서 오로지 그것만을 바라보며 감자튀김을 먹었다. 감자튀김도 케첩을 필요로 하는데 나는 누구에게 필요한 존재가 될까?

외로움을 의인화하면 밤마다 냉장고를 여는 사람일 것이다. 어떻게든 공허함을 채우려는 그런 사람 말이다. 나는 콜라를 남김없이 마시고 자리에서 일어났다. 나를 가장 사랑해

주는 엄마를 생각하며 집으로 갔다.

멍청한 말실수

중학생 때 어울려 놀던 친구들이 있었다. 나까지 합하면 총 3명이었으므로 삼총사라 부르겠다. 삼총사는 거의 매일 붙어 다녔다. 쉬는 시간 화장실에 갈 때, 스티커 사진을 찍을 때, 분식점에서 떡볶이를 먹을 때 등. 사춘기 소녀들은 블록을 쌓듯 높다랗게 우정을 쌓으며 정을 나눴다.

내가 바보 같은 말실수를 하기 전까지는 말이다…….

나의 말실수는 높이 쌓은 우정을 와르르 무너트렸다. 정말 한순간에 와르르.

수업 시간에 멍게 이야기를 들은 적이 있다. 멍게는 처음 알에서 태어날 때 보금자리와 먹이를 찾기 위해 매우 활발히 움직인다. 유충일 땐 뇌가 있기 때문이다. 하지만 멍게 유충은 바위 같은 보금자리에 찰싹 달라붙으면, 더 이상 움직이지 않는다. 그때부터 멍게는 '자기 뇌'를 녹여 먹는다. 뇌는 움직이기 위해 생성된 기관이므로 움직이지 않으면 뇌가 불필요해지기 때문이다. '난 보금자리에서 움직이지 않으니 뇌 따윈 필요 없어. 까짓것 먹어버려야지ㅋ'라니. 멍게는 게으름과 자학의 아이콘인 게 틀림없다.

나는 멍게처럼 내 뇌가 없어지기를 바랐다. 내 뇌는 불필요한 기관이라 판단했기 때문이다. 나도 멍게처럼 내 뇌를 녹여 먹을 수만 있다면 그런 말실수는 저지르지 않았을 텐데…….

그날의 사건은 이러했다. 어느 날, 삼총사 중 한 명이 말했다. "야, 우리 담배 훔쳐 올래?" 나는 깜짝 놀랐다. 너 원래 그런 애 아니잖아……. 내가 말한 그런 애는 '날라리'를 뜻했다. 너 원래 날라리 아니잖아……. 우리 나쁜 짓은 하지 말자……. 나는 그때 '날라리' 대신 좀 더 고급 용어를 사용하고 싶었다. 대놓고 '날라리'라고 말하면 상처받을 것 같았기 때문이다. "이 등신아!"보다 "이 바보야!"가 덜 상처받듯이.

그래서 나는 '날라리'를 순화하여 이렇게 말했다.

"너 창녀 아니잖아……."

오. 그때만 생각하면 정신이 아찔해진다.

"야. 너 뭐라고 했냐?"

"어?"

"뭐라고 했냐고 씨발년아!"

그녀들은 나에게 불같이 화를 냈다. 화를 내는 게 당연했다. 하지만 그땐 반응이 이해되지 않았다. '창녀'라는 단어가 '날라리'를 순화한 표현인 줄 알았기 때문이다……. 그날 이후, 나는 삼총사에서 '아웃' 되었다. 이 일을 엄마에게 말했더니, 엄마는 '그런 말(창녀)'은 어디서 들었냐고 물었다. 순간 물파스를 바른 듯 싸한 느낌이 스쳤다. 재빨리 인터넷에 단어의 뜻을 검색해 보았다.

'돈을 받고 몸을 파는 일을 직업으로 하는 여자.'

오. 망했다 망했다 망했다 망했다 망했다 망했다 망했다 망했다 망했다 망했다 망했다 망했다 망했다 망했다…….

나는 친구에게 모든 걸 사과하고 용서를 빌었다. 나의 멍청함을 용서해 줘. 우리는 화해했으나 그 사건 이후로 관계가 서먹해져 삼총사는 자연스레 해체되었다. 나는 그날 알았다. 너무 멍청하면 상대에게 상처를 주는구나. 언어는 관계에 많은 영향을 주는구나…….

그 이후로 아리송한 단어는 무조건 검색을 해본다. 그 덕에 고등학생 때는 언어 영역에서 시험 점수가 꾸준히 높게 나와, 반에서 '문학소녀'라는 별명을 얻게 됐다.

문학소녀는 사랑하는 친구를 잃어서 문학소녀가 됐다.

소통이란 무엇인가

고등학교에 입학했을 당시, 나는 단 한 가지 생각으로 가득 차 있었다. '말실수하지 말아야지!' 너무 멍청한 과거는 강박적 다짐을 데려왔다. 말 때문에 관계를 김밥 말 듯 말아 먹은 과거 덕분이다.

그러던 어느 날, 점심시간에 교실에서 음악을 들었다. 나는 기분이 좋은 나머지 "노래 너무 좋아!"라고 소리쳤다. 그러자 성급한 성인군자가 말했다.

"밖에서는 그렇게 크게 말하지도 못하면서."

언어는 음식과 닮아있다. 어떤 음식은 몸을 건강하게 하지만, 어떤 음식은 배탈이 나고 배 속을 상하게 한다. 나는 그 말을 듣는 순간 나도 모르게 기분이 상했다. 하지만 성급한 성인군자는 그 어떤 악의도 없는 순수한 표정으로 웃고 있었다. 하지만 악의가 없어도 속이 상한 건 여전했다. 말실수를 줄이면 인간관계에서 괴롭지 않을 줄 알았는데…… 입을 다무는 사람의 입장도 괴롭긴 마찬가지구나.

말하는 사람은 자신이 말실수를 해서 괴롭고, 듣는 사람은 타인의 말실수를 듣는 게 괴롭다. 말하는 사람도 듣는 사람도 약간의 괴로움이 동반되는 것이다. 아, 소통이란 무엇인가. 소통의 기본 전제는 괴로움인가!

마들렌 치게의 책 『숲은 고요하지 않다』의 일부이다.

> 소통은 원래 잘 안 되는 게 정상입니다. 그러나 사회를 구성하고 사는 동물에게 소통은 선택이 아니라 필수입니다.*

캥거루는 항복 의사를 밝힐 때 기침 소리를 낸다. 하지만 바다이구아나는 염분을 너무 많이 섭취할 때 재채기를 한다. 인간은 농담 한 문장에 소통의 오류가 생긴다. 누군가는 농담을 애정 표현으로 삼고, 누군가는 조롱을 농담으로 위장하니까.

우린 어차피 서로를 100% 이해하지 못한다. 하지만 그만큼 가치가 있기에 불편함을 감수하고 부대끼며 사랑한다.

우리는 3년 동안 같은 급식을 먹고 11년 동안 우정을 이어

---

* 마들렌 치게, 『숲은 고요하지 않다』, 흐름출판, 2021년.

갔다.

사랑하는 친구들의 존재를 생각하면 어딘가 든든해진다.

순수한 온기

캠퍼스 낭만을 기대하며 대학교에 입학했다. 연애를 하고 싶었기 때문이다. 하지만 기대는 언제나 배신과 한패였다. 대학 생활이 동물원에 갇힌 동물처럼 무기력하고 재미없었기 때문이다.

아. 이건 내가 원했던 대학 생활이 아니야!

그런 말을 들었다. "내가 재벌이라면 무엇을 가장 하고 싶은가? 돈 걱정 없이 택하는 꿈이 진짜 꿈이다!" 나는 음악을 가장 하고 싶었다. 음악을 정말 좋아하기 때문이다.

그러던 어느 날, 기회는 바닥에 떨어진 동전을 발견하듯 우연히 찾아왔다. 학교 게시판에 '통기타 동아리' 포스터를 본 것이다. 동아리 이름은 '오선지'였다. 왠지 재밌는 일이 생길 것 같은 이름이었다.

나는 4명의 친구들에게 동아리방에 가보자고 제안했다. (4명의 친구들을 도도, 레레, 미미, 파파, 줄여서 '도레미파'라고 부르겠다.) 도레미파와 나는 높은 언덕에 위치한 동아리방에 찾아갔다. 어떤 남자가 문을 열어주었다. 신발을 벗고 안에 들어가자 소파에 앉아있는 선배들이 보였다. 그곳엔 통기타뿐만 아니라 드럼, 피아노, 베이스 등 다른 악기도 있었다. 선배 중 한 명은 어떤 종이를 건네며 그것을 쓰라고 했다. 우리는 종이에 이름, 전화번호, 학과, 성별, 다룰 줄 아는 악기, 좋아하는 가수 등을 적었다. 한 선배가 말했다.

"문자로 오디션 날짜 보내면 그때 다시 오세요"

오. 오디션도 보는구나.

호락호락하지 않아서 더 간절하군.

며칠 후, 오디션을 보러 오라는 문자가 왔다. 기간이 한 달도 남지 않은 상태였다. 나는 부랴부랴 피아노곡을 준비했고, 도도와 레레는 통기타를, 미미는 드럼을, 파파는 보컬을 준비했다. 그렇게 오디션 당일이 되었다. 생각보다 많은 수의 신입생들이 그곳에 모여 있었다. 예상치 못한 상황을 접하니 긴장이 급상승되었다. 내 차례가 되었다. 수많은 신입생들과 소파에 앉아있는 선배들을 바라보며 키보드 의자에 앉았다. 의자가 삐걱거렸다. 삐걱거리는 소리가 너무 크게 들렸다. 적막한 공기가 주는 두려움에 압도되었다. 압도적인 적막은 호통보다 더 큰 두려움을 줬다. 왜 하필 빠른 피아노곡을 준비했을까. 그런 종류의 곡은 긴장하면 손이 엉킬 수 있는 곡이었다. 피아노 건반 위에 손을 올렸다. 연주가 시작됐다. 시작하자마자 손바닥이 축축해졌다. 나도 모르게 박자가 점점 빨라졌다. 으아. 이럼 안 되는데. 처음부터 박자를 너무 빨리 잡았어! 리듬 게임을 하는 기분이었다. 박자에 맞춰 버튼을 정확히 누르지 않으면 게임이 종료되는 리듬 게임. 마치 이 오디션도 조금만 실수하면 "여기까지요." 하고 종료될 것만 같았다.

틀리면 안 돼. 틀리면 안 돼. 틀리면 안 돼. 틀리면 안 돼……!

다행히 틀리지 않고 피아노곡을 종료했다.

며칠 후, 결과가 나왔다. 나와 도레미파는 모두 오디션에 합격했다. 우리는 그곳에서 이윤을 창출하거나, 음악 경연 프로그램처럼 경쟁을 하지 않았다. 우리는 정말 순수하게 음악을 즐겼다. 그 순수함이 좋았다. 음악으로 무언가를 하려고 하지 않아서. 정말 음악 그 자체만을 하려고 해서.

내가 좋아하는 걸(음악) 사람들과 함께하니 더 좋았다. 혼자 하는 것보다 같이 하는 게 에너지 파장이 더 큰 듯했다. 왜일까? 나는 '온기' 덕분이라 생각한다. 불순한 목적은 없고, 갓 구운 빵처럼 즐거움, 행복, 사랑만이 남아있는 순수한 온기 덕분에. 사람 사이에는 온기가 있다. 이 온기는 사람이 있어야만 채워진다. 죽은 사람에게는 온기가 없다. 그래서 온기는 살아있음을 느끼게 한다. 우리는 살아있음을 느끼기 위해 사람을 찾는지도 모른다. 순수한 온기, 사람 사이에는 그 온기가 필요한 듯하다.

순수한 온기의 기억은, 인생은 그래도 살만하다는 걸 알려주는 것 같다. 삶이 고단하다고 느끼는 건, 자세히 들여다보면 '사람'이 힘들어서 그렇기 때문이다.

나는 언제나 사람들과 순수한 온기를 나누며 사랑을 하고 싶다. 그런 인생이라면, 꽤 오랫동안 살고 싶을 것 같다. 사랑 때문에 성실해지고 싶을 것 같다.

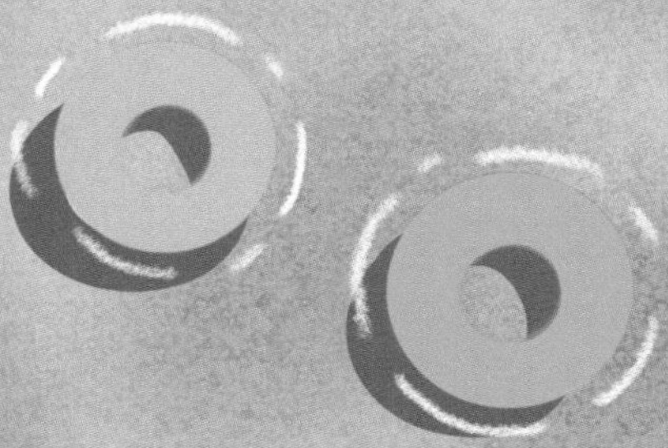

사랑스러운 지구 인간

같은 파랑이라 해서
똑같은 바다가 아니듯.
같은 파랑이라 해서
똑같은 하늘이 아니듯.

같은 색을 지녔다 해도
하늘과 바다가 다르듯.
너와 나는 다르고,
너도 나와 다르고.

하늘과 바다처럼
같은 모습의 다른 사람들.
다른 모습의 같은 사람들.

기묘한 만남 1

웹툰 작가가 되어야겠다고 결심한 이후로, 매일 인터넷에서 정보를 찾았다. 그런데, 인터넷에 있는 정보는 파편적이라 뭔가 한계가 느껴졌다. 어떤 정보가 정확한 건지 파악이 안 됐기 때문이다. 그렇게 끙끙 앓다가, 심리학 정보를 주고받는 익명 채팅방에 들어갔다. 채팅방에서 누군가가 말했다.

—웹툰 작업 중이에요. ㅎㅎ

'어? 뭐지?'

—아……. 어떤 작품인지는 말해주기 좀……. ㅎㅎ

'에? 웹툰 작가인가?'

—'미움받을 용기' 읽어보고 싶네요!

'미움받을 용기? 그거 우리 집에 있는데?'

그 순간, 목표물 이외에는 아무것도 안 보이는 스나이퍼가 된 것 같았다. 기회는 이때였다. 나는 메시지를 보냈다.

—저희 집에 그 책 있어요!

바로 웹툰 작가에게 답장이 왔다.

—오. 그 책 재밌나요? ㅎㅎ

—네. 엄청 재밌어요! 전 다 읽어서 필요 없는데……. 필요하면 드릴까요?

억지로 만날 명분을 제시했다. 꼭 썸을 타는 과정 같았다.

—아……. 만나는 건 좀…….

—공짜로 드리는 건데 정말 괜찮으세요?

—네. 괜찮아요. ㅎㅎ

—진짜 좋은 책인데. ㅠㅠ

구차한 영업사원 같은 멘트를 날리며 그를 설득했다. 하지만 그는 넘어가지 않았다. 얼마나 미친 사람처럼 보였을까? 모르는 사람이 다짜고짜 만나자고 하니 말이다……. 무엇을 어떻게 말해야 할지 모르겠을 땐, 방법은 하나였다.

오로지 진실만을 말하는 것이다.

—사실은 제가 웹툰 작가 지망생인데, 만나서 이야기라도 하고 싶어요. ㅠㅠ 만나주시면 안 될까요? 책도 드릴게요!

그렇게, 웹툰 작가와 약속을 잡았다.

나라고 걱정하지 않은 건 아니었다. 익명 채팅방에서 만난 사람이 '진짜' 웹툰 작가라고 어떻게 믿겠는가. 온라인에서 만난 사람이 위험한 사람인지 아닌지 어떻게 알겠는가.

하지만 그만큼 간절했던 것 같다. 간절하면 눈에 뵈는 게 없어진다는 걸 그날 처음 알았다.

나는 걱정 반, 두려움 반을 가지고 역 앞에서 웹툰 작가를 기다렸다. 혹시 몰라 가져온 호신용 도구 따윈 없었다. 지금 생각해 보면 정말 무모했다…….

그런데 그때, 메시지 한 통이 왔다.

—어디 계세요?

헉! 덜덜 떨리는 손으로 답장을 했다.

—저 역 앞에서 기다리고 있어요!

—어……. 저돈데……?

고개를 들고 주변을 두리번거렸다. 사람이 너무 많아서 누가 웹툰 작가인지 알아볼 수 없었다. 웹툰 작가를 제외한 나머지 사람들이 전부 로그아웃하기를 바랐다. 그런데 그때, 맞은편 약국 앞에 흰 티에 야구 모자를 쓴 남자가 나처럼 두리번거렸다. 남자와 눈이 마주쳤다. 혹시 저 사람인가. 아니면 그냥 NPC인가. 우리는 누가 알려주지도 않았는데 서로를 향해 걸어갔다. 나는 말했다.

"혹시 작가님……?"

"아, 네, 맞아요."

“안녕하세요! 우와~ 작가님이다!”

나는 소녀 팬처럼 발을 동동 굴렀다. 그러자 웹툰 작가는 “아하하” 하며 멋쩍은 표정을 지었다. 웹툰 작가가 말했다.

“카페로 갈까요?”

“네.”

우리는 카페를 향해 걸어갔다.

(2탄에 계속)

기묘한 만남 2

카페로 걸어가는 동안 나는, 오픈 월드 게임에 접속해 사냥을 하러 가는 플레이어가 된 것 같았다. 걸어가며 오늘의 일일 퀘스트 목록을 떠올려보았다.

- 『미움받을 용기』 드리기
- 진짜 웹툰 작가가 맞는지 확인해 보기
- 웹툰 작가가 되는 방법 물어보기
- 감사 인사 전하기 (중요)

우리는 카페에 도착해 둘 다 아이스 아메리카노를 시켰다. 나는 가방에서 『미움받을 용기』를 꺼냈다.

"작가님, 만나주셔서 감사합니다."

"아, 네. 아니에요."

일일 퀘스트 하나를 수행했다.

- ~~『미움받을 용기』 드리기~~
- 진짜 웹툰 작가가 맞는지 확인해 보기
- 웹툰 작가가 되는 방법 물어보기
- 감사 인사 전하기 (중요)

"작가님. 근데 저 여쭤볼 게 있는데……. 진짜 웹툰 작가 맞으세요?"

"네? 하하. 네, 맞아요."

"혹시 어떤 웹툰 연재하는지……, 여쭤봐도 되나요?"

"저 ○○○에서 ○○○○○○○라는 웹툰 연재해요."

"어! 저 그거 매주 보는데!"

"독자님이셨네요. 이건 제 블로그인데……."

웹툰 작가는 자신이 '직접 로그인한' 블로그를 보여주었다. 일일 퀘스트 하나를 더 수행했다.

- ~~『미움받을 용기』 드리기~~
- ~~진짜 웹툰 작가가 맞는지 확인해 보기~~
- 웹툰 작가가 되는 방법 물어보기
- 감사 인사 전하기 (중요)

"진짜 작가님이셨구나……. 저 그 웹툰 진짜 재밌게 보고 있어요. 작가님 겉으로 보시기엔 멀쩡(?)하시네요……!?"

"그런 소리 많이 들어요."

"갑자기 만나자고 해서 놀라진 않으셨어요?"

"뭐랄까. 간절해 보여서 그렇게 됐네요. 하하."

"아, 네. 진짜 간절하긴 했어요……."

1시간 동안 질문과 대답이 오갔다. 작가님은 피와 살이 되는 조언을 너끈히 해주셨다. 수첩을 꺼내 작가님의 말을 메모했다. 인터뷰 내용을 빠짐없이 기록하는 성실한 기자가 된 것 같았다. 이야기를 듣는 동안 약간 눈물이 날 것 같았다. 전투전이 만연한 험난한 세상 속에서, 그래도 나를 도와주는 사람이 있는 것 같았다. 일일 퀘스트 하나를 더 수행했다.

- ~~『미움받을 용기』 드리기~~
- ~~진짜 웹툰 작가가 맞는지 확인해 보기~~
- ~~웹툰 작가가 되는 방법 물어보기~~
- 감사 인사 전하기 (중요)

나는 마지막 일일 퀘스트를 수행하기 위해 커피를 한 모금 마셨다. 그런데 그때, 예상치 못한 안내 메시지 창이 떴다.

[내 밑에서 일하시겠습니까?]

[예/아니오]

이게 뭔가 싶어 깜짝 놀라 물었다.

"제가요?!"

"네. 사실 혼자 작업하기엔 좀 양이 많아서…… 채색하는 걸 도와줬으면 좋겠어요. 물론 돈은 드릴 거예요. 채색하면서 프로그램 툴 다루는 법 익혀보세요. 모르면 알려드릴게요."

"제가 작가님의 '어시스턴트'인 거죠? 저야 그러면 너무 감사하죠……!"

얼떨결에 마지막 일일 퀘스트를 수행했다.

- ~~『미움받을 용기』 드리기~~
- ~~진짜 웹툰 작가가 맞는지 확인해 보기~~
- ~~웹툰 작가가 되는 방법 물어보기~~
- ~~감사 인사 전하기 (중요)~~

스토리 창작 수업에서 들었던 말이 생각난다. 스토리는 새로운 인물이 나타날 때 다채로워진다고.

남의 눈치를 많이 보는 한국 사회에서 나댈 용기를 내는 건 어렵지만, 인복은 나댈 용기를 내야만 생겼던 것 같다. 미움받을 용기보다 나댈 용기가 훨씬 맞는 말인 듯하다.

인복은 참 중요한 것 같다. 사람은 의지할 만한 대상이라는 걸 알려주기 때문이다. 나를 도와준 수많은 어른들을 떠올려 본다. 그들은 내가 깊은 물에 잠겨 앞으로 나아가지 못할 때, 나를 건져 올려 이야기를 만들어주었다. 농담 같은 이야기를 진담으로 만들어주고, 현실을 마주하게 했다.

사람이 싫어서 혼자가 좋아진 사람들은, 실은 사람을 사랑했던 사람들이다. 그 사실이 어쩐지 좀 슬프고 기뻤다. 사람에게 상처받고 치유받을 수 있다는 게 말이다.

웃으며 안녕

1년 반 동안 웹툰 작가 지망생 생활을 했다. 그러다 생활고에 시달려서 결국 취업을 했다. 애니메이션 회사였다. 그곳에선 작가를 구했는데, 마침 운 좋게 합격했다. 떠올려보면 돈을 버는 집단에서 존중을 받아본 기억은 거의 극소수였다. 하지만 다행히도 이곳은 나다울 수 있는 곳이었다. 별종으로 취급받지 않는 곳 말이다.

나는 이곳에서 처음으로 존중이라는 걸 어렴풋이 받아보았다. 그리고 집보다 일터에서 더 많은 시간을 보냈다. 노동은 단순히 돈을 버는 게 아니라, 내가 어떤 사람들과 많은 시간을 보낼지 선택하는 것 같았다. 직장에서 만난 사람들은 가족보다 더 많은 시간을 마주하기 때문이다.

직장인들의 퇴사 사유 1위가 '상사와의 갈등'인 이유도 이와 비슷할 것이다. 사람은 사람에게 받는 스트레스를 가장 견디기 힘들어하니까. 이 스트레스는 결코 피할 수 없다. 그러나, 가장 많은 시간을 할애하는 사람과 잘 지내는 건, 하루를 잘 지내는 근사한 방법인 것 같다. 하루를 잘 보내면 일주일을 잘 보낼 수 있고, 일주일을 잘 보내면 한 달을 잘 보낼 수 있고, 한 달을 잘 보내면 1년을 잘 보낼 수 있고, 1년을 잘 보내면 몇십 년을 잘 보낼 수 있으니까. 하루가 모이면 일주일, 일주일이 모이면 한 달, 한 달이 모이면 1년, 1년이 모이면 몇십 년이 되니까.

나는 이 회사를 2년 8개월 동안 다니고 그만뒀다. 그리고 게임 회사에 입사하고 4개월 만에 그만뒀다. 비록 크고 작은 갈등은 있었으나 두 회사 모두 좋은 회사였다. 두 곳 다 인간적인 곳이었기 때문이다. 같이 밥을 먹고, 시시콜콜한 수다를 떨고, 커피 한잔 들고 공원을 산책한 그날을 떠올려본다. 내 인생의 몇 페이지를 장식해 준 사람들. 애증의 관계들. 사랑한다고 말하기엔 너무나도 많이 미워했다. 하지만 미안하고 고마웠다. 그래서 그들이 잘 지냈으면 좋겠다. 왜인지는 모르겠지만, 우리가 회사에서 만나지 않았더라면, 더 친하게 지냈을 수도 있겠다는 확신이 든다. 인간관계는 상황에 의해 구성

되기도 하니까. 누구나 원하지 않는 시간에, 원하지 않는 컨디션에 옹기종기 모이면 다툼이 일어나니까.

다음 생에는 회사가 아닌 곳에서 만나고 사랑하면 좋겠다. 직책으로 구분되지 않고, 오로지 한 인간으로 마주하면 좋겠다. 우리의 인연은 여기까지, 끝!

> 끝, 하고 발음하면
> 자연히 웃는 입 모양을 하게 된다*

* 문보영, 「끝」, 『책기둥』, 민음사, 2017년.

어떤 필요들

나를 구원한 건
다정하고 상냥한 사람들.
반짝이는 시냇물에
씻기는 아픈 마음들.

따뜻한 사람들에게
얼마든 도움을 요청해.
도움이 필요한 사람을 도와줄 만큼
강해질 필요가 있어.
그럼에도 사랑을 할 필요가 있어.

4장

연인을
사랑하기

그 애랑은 목적지를 정하지 않고도
오랫동안 걸을 수 있었다.
어떤 발걸음에는 사랑스러운 핑계가 있었다.

작은 이별 연습

초등학교 1학년, 한 남자아이와 짝꿍이 됐다. 그 애는 사슴을 닮았으므로 사슴이라 부르겠다.

사슴은 장난기와 애정이 많은 아이였다. 장난기는 뭐 초등학생이면 누구나 있을지도 모르겠다. 그러나 사슴의 애정표현은 가끔 도가 지나칠 정도였다. 그 아이는 내 볼에 뽀뽀를 너무 자주 했고, 사랑이 뭔지도 모르면서 틈만 나면 사랑한다고 했다.

그러던 어느 날이었다. 나는 준비물로 가져온 사인펜을 책상에 올려놓았다. 말했지만 사슴은 애정뿐만 아니라 장난기도 많은 아이였다. 사슴은 사인펜을 보며 말했다.

"우와, 색깔 엄청 많다! 이걸로 그림 그릴래?"

나는 그림 그리는 걸 좋아했기에 사슴의 제안을 흔쾌히 받아들였다. 상식적인 제안이었기에 거절할 이유도 없었다. 하지만 사슴은 장난기가 많은 아이였다. 내가 간과한 건 바로 그 부분이었다.

"뭐 그릴까?"

"공룡 그리자!"

"그래."

사슴은 사인펜을 들고 앞에 앉은 아이의 등에 그림을 그리기 시작했다. 그 아이의 옷은 하얀색이었고, 초등학교 1학년의 눈에는 그게 하얀 도화지처럼 보일 수도 있겠다……. 앞에 앉은 아이는 사슴이 그림을 그리자 뭐 하냐고 물어보았다. 그러자 사슴은 당당하게 "나 공룡 그려!"라고 말했다. 그러자 아이들이 하나둘씩 몰려들었다. 그런데 그때였다.

"너희 지금 뭐 하니?"

담임선생님이 의아한 목소리로 아이들에게 말했다. 그러자 아이들은 도망가며 재빨리 자리에 앉았고, 사슴도 사인펜을 황급히 집어넣었다.

"헤엑…… 이게 다 뭐야!"

선생님은 사슴이 그린 그림을 보고 기겁했다. 사실 기겁을 했다기보단 얼굴이 하얗게 질렸다는 표현이 더 맞을지도 모르겠다. 당시 나는 선생님의 얼굴이 왜 그토록 창백해졌는지 이해하지 못했다. 하지만 그런 반응을 이해하게 된 건 얼마 지나지 않아서였다.

"왜 우리 애 몸에 낙서했니?"

낙서 당한 아이의 엄마가 학교에 찾아왔다. 나는 사인펜을 빌려줬다는 이유로 공범이 됐으므로 사슴과 함께 혼났다. 선생님은 얼마 전에 봤던 창백한 얼굴로 어머니에게 죄송하다는 말만 연거푸 반복했다. 그 얼굴은 마치 사슴이 도화지로 착각한 하얀 티셔츠 같았다. '어른도 혼이 날 수 있구나.' 나는 처음으로 알게 됐다.

그 이후로 나와 사슴은 선생님의 눈에 찍혀 통제 대상이 됐다. 사실 선생님께 혼이 날 때는 무서웠지만, 사슴의 장난에 가담하는 게 재밌었다. 그런데, 학교생활의 재미가 절반이나 줄어들었다. 그리고 그건 사슴도 마찬가지인 듯했다.

그렇게 한 달 후, 사슴은 전학을 갔고, 이제 완전히 학교가 재미없어졌다고, 속으로 생각했다.

사랑하는 대상과 이별하는 연습을 조금씩 하고 있었다.

작은 악행에 관하여

어떤 남자를 만났다. 그와 나는 10살 차이였지만 그는 동안이라 나이보단 어려 보였다. 그는 어떤 회사의 대표였고, 친절하고, 재밌고, 영리하고, 관심사도 비슷했다. 물론 그를 처음 만난 건 일 때문이었다. 하지만 만나는 횟수가 늘어날수록 암묵적인 감정이 싹텄다.

그는 오랫동안 솔로로 지냈다고 했고, 자신의 속사정까지 이야기했다. 같이 있어서 너무 좋다고 했고, 다 놀고 헤어지면 곧바로 메시지를 보냈다. 그리고 결정적으로는 '결혼' 이야기를 많이 했다. 그의 행동에는 흔적이 많았고, 그의 마음을 의심할 사람은 아무도 없었다. 나는 애정 공세에 마음이 흔들렸다. 드디어 내가 결혼을 하게 되는 건가? 망상까지 하게 됐다.

네 번째 만남에는 강남에서 데이트를 했다. 나는 시력이 좋지 않아 멀리서는 그가 어떤 옷을 입었는지 정확히 알 수 없었는데, 가까이서 그를 마주했을 땐 의외의 포인트에서 정이 떨어지고 말았다. 그의 옷소매에, 이상한 땡땡이 무늬가 있는 것이다…….

그는 미용실에서 머리를 단정히 잘랐고, 사랑을 시작한 남자는 미용실에 간다는 걸 알고 있었다. 머리 스타일은 그와 매우 잘 어울렸다. 행동도 어김없이 친절했다. 밥도 맛있었다. 그런데, '땡땡이' 무늬 때문에…… 그 무엇에도 몰입할 수 없었던 것이다.

그놈의 땡땡이 무늬가 뭐라고, 그의 과거 행적까지 재평가하기에 이르렀다.

'생각해보니 그때 이랬던 건 조금 마음에 안 들었어. 생각해 보니 손 잡으려고 했던 건 조금 성급했어. 생각해 보니 그때 술이 맛없었어. 생각해 보니 그때 공원 벤치가 너무 불편했어. 생각해 보니 그때 간 카페 조명이 어두웠어. 생각해보니 같이 간 편의점에서 본 껌 종이가 별로였어…….'

나는 땡땡이 무늬 이외에도 그를 싫어할 만한 이유를 황급히 찾았다. 겨우 땡땡이 무늬 때문에 그를 싫어하는 건 너무 나빠 보였기 때문이다. 그건 내가 저지른 최고의 악행(?)이었다. 땡땡이 무늬 때문에, 그와는 더 이상 연락을 하지 않았기 때문이다…….

그는 나보다 더 좋은 여자를 만날 것이다. 그가 자책하지 않기를 바란다. 나는 나의 악행에 대해 아직도 반성하고 있다…….

생각해 보면 나를 싫어했던 사람도 비슷한 이유일 수 있겠다고 생각했다. 사람의 마음은 말도 안 되는 이유로도 식을 수 있고, 나 또한 그랬기 때문이다. 이리도 불완전하고 바보 같은 게 사람 마음인데, 수정처럼 맑고 결점 하나 없기를 바랐다. 그러나 악행(?)을 저지른 이후, 생각이 조금 달라졌다. 내 마음에는 빈틈이 너무 많았다.

예전 연애에 대해서도 반성하게 됐다. 나도 완벽하지 않은 사람인데 완벽한 사랑을 달라고 요구해서.

이후로 나는 새로운 곳에 취업을 했고, 그곳에선 아무리 노력해도 "최선을 다하지 않는 것 같다"라는 말만 들었다. 완벽하지 않은 사람들이 완벽한 최선을 요구했다.

나는 멀미 나도록 벌을 받는 거라 생각했다.

사랑의 부재에 대한 형벌이다.

무능과 재능

사랑을 멈출 수 없는 것은 나의 무능.

사랑을 멈추지 않는 것은 나의 재능.

완벽주의의 심판

완벽주의는 자신이 완벽주의라는 사실조차 완벽하게 속인다.

나는 스스로가 결함이 많고, 치밀하지 못하며, 누군가의 조롱거리가 되기 충분하다고 믿었다. 이 요상한 믿음은 요상하리만큼 믿음이 갔다. 스스로가 '고장 난 로봇'이라는 생각이 자주 들었고, 그건 '별종'과는 조금 달랐다. '별종'은 남들과는 다르지만 어딘가 특별한 재능이 있는 사람 같다면, '고장 난 로봇'은 제 기능을 하지 못하는 사람 같았다. 공장에서 부품을 조립할 때 작업자가 깜빡 졸아 실수로 생산한 로봇이 나 같았다. 완벽주의 성향의 사람들은 로봇이 되고 싶어 하는지도 모른다. 인간성을 포기한 요만치의 모자람도 없는 로봇. 왜 어떤 사람은 빈틈없는 로봇이 되고 싶어 할까? 아니, 왜 나는 완벽한 로봇이 되고 싶어 할까?

완벽해 보이는 사람은 있어도, 완벽한 사람은 없다. 완벽주의자들은 완벽해 보이는 사람들에게 완벽히 속은 사람들이다.

나는 내가 완벽주의라는 사실을 최근에야 깨달았다. 사실 머리로는 알고 있었지만, 마음 구석구석 느낀 건 이번이 처음이었다. 화이자 2차 백신 접종 후, 꼼짝없이 누워있을 때의 일이다. 침대 맡에는 책이 10권 정도 있었는데, 다 읽은 책은 2권밖에 되지 않았다. 항상 읽다가 잠들었기 때문이다. 아픈데 잠이 안 와서 책을 집었다. 팀 페리스의 『타이탄의 도구들』이었다. 책에서 흥미롭게 읽었던 부분은 '디킨스 프로세스'에 관한 내용이었다. 디킨스 프로세스란, 자신이 갖고 있는 부정적 믿음 두세 가지를 과거, 현재, 미래로 나눠 보는 프로그램이었다. 책에는 이런 질문이 나와 있었다.

- 당신은 그 믿음들이 과거의 당신에게 어떤 대가를 치르게 했고 사랑하는 사람들에게는 어떤 대가를 치르게 했는가? 그 믿음들 때문에 당신은 무엇을 잃었는가? 보고 듣고 느껴본다.

- 당신의 그 믿음들이 현재의 당신과 사랑하는 사람들에게 어떤 대가를 치르게 하는가? 보고 듣고 느껴본다.

• 당신의 그 믿음들이 1, 3, 5, 10년 후의 당신과 사랑하는 사람에게 어떤 대가를 치르게 할 것인가? 보고 듣고 느껴본다.

내가 가진 잘못된 믿음은 '도덕적으로 완벽해져야 해!'였다. 사실 사람은 누구나 한 번쯤 나쁜 생각을 한다. 그런데 나는 내가 그런 생각을 가지는 것도 싫었고, 남이 그러는 것도 싫었다. 그래서 조금이라도 나쁜 행동을 하는 것 같으면 극도로 예민하게 반응했다. 별 뜻 없이 한 행동에도 '선' 혹은 '악'이라고 판단했다. '저 행동은 옳아', '저 행동은 옳지 못해!'라고.

누군가를 판단할 만한 자격이 있다고 생각하는 건 오만일지도 모른다. 나는 얼마나 완전무결하다고 그런 생각을 했을까. 그거야말로 진짜 '악'이 아니었을까.

사랑은 심판하지 않는다.

입체적인 사랑

밤새도록 이야기해도 이야기가 끊이지 않는 남자를 만났다. 가림막 없이 투명한 이야기를 주고받았기에 가능했다. 그 애는 과거 이야기를 하며 조금 울었다. 성인 남성에게 상처받은 어린아이가 보였다. 그 아이의 눈동자엔 내 어린 시절이 보여서 약간 슬펐다. 비슷한 상황의 비슷한 아픔. 상처에서 비롯된 연대감은 꽤 끈끈한 성질을 가진 듯했다.

꽤 오래전 이런 고민을 했다. 만일 사랑하는 사람이 힘들어하면 무슨 말을 해줘야 할까. 무슨 말이 가장 위로가 될까. "힘내"라는 말은 실례인 것 같고 "괜찮아"라는 말은 무례한 것 같고 "잘될 거야"라는 말도 별로인데.

시에 관한 수업을 들었던 게 생각났다. 수식어와 피수식어에 관해서였다. 수식어는 대상을 '구체화'하지만, 대상을 '한

정' 짓는다고도 했다. 이른바 '고정관념'과 비슷하다. 예를 들면 이렇다.

빨간 사과
순수한 아이
그리운 추억

사과를 꼭 빨갛게 표현해야 할까? 아이를 꼭 순수하게 표현해야 할까? 추억을 꼭 그립게 표현해야 할까?

선생님 왈, 시는 대상에 고정된 이미지를 깨고, 끊임없이 다른 면을 발견하는 작업이라 했다. 빨간 사과가 아니라 지그재그 사과, 순수한 아이가 아니라 흰 수염을 가진 아이, 그리운 추억이 아니라 거짓말 같은 추억으로 규정지어보는 것이다.

문득 시가 사랑과 비슷하다는 생각이 들었다. 좋아하는 건(빨간 사과처럼) 보고 싶은 면만 보는 것이고, 사랑하는 건 대상을 입체적으로 바라보고, 그것을 '허용'하는 것이다. 빨간 사과를 '지그재그 사과'라고 허용하는 것처럼.

시 수업이 떠오르자, 힘들어하는 사람에게 어떤 말을 해야 할지 생각났다.

사랑해. 그래, 사랑해가 좋겠어.

나는 너의 그런 모습도 사랑해. 어린아이 같은 너, 우는 너, 화내는 너, 엉뚱한 너, 바보 같은 너, 냉정한 너, 연락 없는 너, 너의 입체적인 면을 사랑해.

나는 그 애를 꼭 안으며 말했다.

"말해줘서 고마워. 사랑해."

등을 토닥이자 그 애는 아주 많이 울었다.

나는 사랑에 서툰 인간이라, 슴슴한 위로밖에 할 줄 몰랐다.

사랑의 한계

사랑의 힘은 여러모로 놀랍다. 사랑은 종종 한계를 아무렇지도 않게 깨버리기에.

이런 사건이 있었다. 썸을 타던 남자와 첫 데이트를 하던 중, 예상치 못한 난관을 맞이했다. 식사를 하러 레스토랑에 갔는데, 샐러드가 나온 것이다……. 성인이 되었는데 야채를 '전혀' 못 먹는 편식쟁이로 보이고 싶지는 않았다. 비록 피자에 있는 양파나, 김치볶음밥에 있는 김치는 모조리 골라 먹는 인간일지라도, 그날만큼은 그런 모습을 보이면 안 됐다. 마음에도 없는 말을 내뱉었다.

"와.아.맛.있.겠.다."

"샐러드 좋아하세요?" 남자가 물었다.

"좋아하는 건 아닌데……." 진심이 반쯤 튀어나와서

"먹을 줄은 알아요." 절반은 거짓말로 무마했다.

손이 떨리는 건 기분 탓이라 생각하며 포크를 들었다. 커다란 접시에는 샐러드가 가득 쌓여 있었다. 그 어떤 공포 영화보다 무섭고 압도적이었다. 어쩔 수 없는 마음으로 초록색 풀 하나를 포크로 푹, 찍었다. 남자도 달그락거리며 샐러드를 앞 접시에 가득 담았다. 나는 슬쩍 냄새를 맡아보았다. 어렸을 적 공원에서 맡은 잔디 냄새와 비슷했다. 신선한 물 냄새도 났다. 생야채는 이런 냄새구나. 정말 먹기 싫다. 울지도, 웃지도 않는 미묘한 표정이 지어졌다. 상대가 속마음을 눈치채기 전에 풀을 입속에 넣었다. 그리고 생각했다.

'……씹어야 되나?'

샐러드 맛을 느끼지 않기 위해 입속에 공기를 가득 넣었다. 그리고 천천히…… 풀을 씹었다. 풀에서 물이 나왔다. 정말 토할 것 같았다.

남자가 이상한 기운을 눈치챈 듯 물었다.

"……괜찮으세요?"

대답을 망설이던 그 순간, 피자와 스테이크가 나왔다.

"네? 괜찮아요."

그 이후로 나는 샐러드는 손도 대지 않고 피자와 스테이크만 먹었다. 그러자 남자가 몇 분 후 물었다.

"샐러드는 안 드세요?" 남자는 눈치가 빨랐다.

"제가 사실, 야채를 못 먹어요……."

"그래서 그랬구나."

남자는 이제야 모든 게 이해된다는 표정이었다.

한 달 후, 샐러드남과 사귀게 되었다. 샐러드남은 나에게 못 먹는 음식이 무엇이냐고 물어보았다. 나는 회를 못 먹는다고 했다. 그러자 샐러드남은 회전 초밥 가게에 가자고 했다. 그래서 좋다고 했다. 계란 초밥과 새우 초밥은 먹을 수 있었기 때문이다.

맨 처음에는 예상대로 계란 초밥과 새우 초밥만 먹었다. 하지만 어떤 용기가 생겼는지, 광어, 우럭, 참치 등 강도 높은 초밥도 하나씩 먹어보았다. 아니, 그런데, 왜… 맛있지?

샐러드남은 나의 편식을 조금씩 고쳐주었다. 그리고 그건 사랑의 힘이라고 설명할 수밖에 없었다. 사랑의 힘은 여러모로 놀라웠다. 사랑은 종종 한계를 아무렇지도 않게 깨버리기에.

시간이 지나, 샐러드남은 대학교를 졸업했다. 그리고 우리는 본격적으로 취업 준비를 했다. 취업이 되지 않아 스트레스를 받을 때는 맛있는 음식을 먹으러 다녔다. 그리고 얼마 후, 샐러드남이 먼저 취업을 했다. 샐러드남은 어둠이 드리울 땐 나를 찾았지만, 자신이 빛날 때는 나를 찾지 않았다. 그러니까 쉽게 말하면, 취업을 하기 전에는 사이가 좋았지만, 취업을 하고 나니 태도가 변했다.

나의 존재 가치는 그가 어두울 때만 드러났다. 달은 어둠이 있을 때만 빛나듯이.

사랑은 뭘까, 답이 없는 고민을 하다가 엘리베이터 문에 붙여진 문구가 보였다.

주의, 기대면 추락 위험.

주의, 손대지 마세요.

그러자 그의 얼굴이 보이며 문이 닫혔다.

나는 문이 닫혔네, 하고 생각했다.

사랑은 그렇게 끝이 났다.

달

달은
어둠이 있을 때만
존재 가치가 있는 것인가.

결국에 달은
밤하늘을 기다릴 수밖에
없는 것인가.

희미해져 가는 달은
낮에도 기억되길 바라고 있는데

왜 어둠을 유일하게 비춰주던
달을 너무나도 쉽게 잊는 걸까.

낮에도 사랑받길 바랐던 달을.

청춘과 낭만 1

그 애를 대학교 밴드부 동아리실에서 처음 만났다. 그 애는 어깨도 넓고 키도 크고 피부도 까무잡잡해서 엄청 남자다워 보였다. 나는 그 애를 보자마자 이렇게 말했다.

"너 (남자다운) 정겨운 닮았다……."

"그런 말 많이 들었어."

그 애는 기타를 치며 노래를 불렀다. 드럼 치는 사람은 드럼을, 베이스 치는 사람은 베이스를 연주했다. 다양한 소리와 불협화음이 공존했다.

나는 피아노를 연주하며 그 애의 옆모습을 힐끔 보았다. 주변에선 다양한 소리가 들렸는데, 유독 그 애의 목소리만 크게 들렸다. 문득 그 애와 똑같은 곡을 치고 싶다는 생각이 들었다. 함께 있기 부끄럽지만 함께 하고 싶어서였다. 피아노를 치다 말고 물어보았다.

"그 곡 제목 뭐야?"

비틀스의 〈Do you want to know a secret〉이었다. 나는 집에 가는 동안 지하철 풍경을 바라보며 그 곡을 들었다.

You'll never know
(넌 절대 모를 거야)
how much I really love you
(내가 너를 얼마나 사랑하는지)
You'll never know
(넌 절대 모를 거야)
how much I really care
(내가 얼마나 신경을 쓰는지)

나는 집에 가서 그 애가 알려준 곡을 연습했다. 그리고 다음 날, 그 애가 있기를 바라며 동아리실에 갔다. 문을 열고 주변을 두리번거렸다. 그 애가 있었다. 수많은 사람들 속에 그 애만 보였다. 나는 그 애가 있었다는 사실이 너무 좋았다. 그래서 다짜고짜 이렇게 말했다.

"야! 나 그 곡 연습했어!"

그 애랑 연주하고 싶어서 미칠 지경이었다. 동기들은 "무슨 곡?" 하며 궁금해했다. 나는 그 애에게 말했다.

"같이 합주해 보자."

그 애는 "그래." 하고 피크를 집었다. 선배들은 "오, 너네 벌써 합주도 하냐?"라고 했다.

Listen
(들어봐)
Do you want to know a secret
(비밀을 알고 싶니?)
Do you promise not to tell
(아무에게도 말하지 않겠다고 약속해)
Closer
(가까이)
Let me whisper in your ear
(네 귀에 속삭일게)
Say the words you long to hear
(네가 듣고 싶은 말을 해)
I'm in love with you
(나는 너를 사랑해)

우리는 동아리 사람들 몰래 연락하고, 몰래 밥을 먹고, 몰래 데이트를 했다. 둘만의 비밀secret이 쌓여가고 있었다.

I've known the secret

(난 그 비밀을 알고 있어)

for a week or two

(1~2주 동안)

Nobody knows just we two

(아무도 몰라 우리 둘 빼고)

그 애는 겉모습은 남자다웠는데, 내면에는 해맑은 소년이 있었다. 그 애의 모든 면이 좋았다. 남자 같은 모습도, 소년 같은 모습도, 순수한 모습도, 순수하지 못한 모습도.

사랑하는 사람이 생기니 모든 게 사랑스럽게 보였다. 바람도 사랑스럽고, 벚꽃도 사랑스럽고, 구름도 사랑스럽고, 사랑 노래도 사랑스럽고, 거리의 풍경도 사랑스러웠다.

봄바람이 불었다.

청춘과 낭만 2

동아리에서 청평으로 2박 3일 여행을 갔다. 선배들과 동기들 모두 참석하는 대행사였다. 나는 그 애랑 조금이라도 더 같이 있고 싶어서 여행 내내 그 애 근처에 있었다. 기차를 탈 때도, 다 같이 밥을 먹을 때도.

눈치 빠른 사람들은 다 눈치챌 정도로 감정 조절이 안 됐다. 그 애가 너무 좋았기 때문이다. 다 같이 가는 여행 말고, 단둘이 가는 여행이었으면 얼마나 좋았을까? 미친 듯이 단둘이 있고 싶었다. 단둘이 있을 핑계가 필요했다.

저녁이 되자, 우리들은 요리를 하고 선배들은 술을 세팅했다. 나는 식탁에 앉기 전, 그 애가 어디에 있는지 빠르게 스캔했다. 그런데 그때였다.

"다들 자리에 앉자."

동기들은 선배의 말에 모두 자리에 앉았다. 그래서 나도 얼떨결에 앉았다. 걔는 어디에 있는 거지? 찾아보니 그 애가 너무 멀리 있었다. 이럴 수가! 그 애가 예쁜 애한테 눈길을 줄까 봐 불안했다. 예쁜 애들이 그 애한테 꼬리칠까 봐 불안했다. 술 취해서 그 애가 다른 애랑 이런저런 그런 일이 생길까 봐 걱정됐다. 사귀지도 않았는데 벌써 불안해하고 있었다. 그리고 그 불안은 나를 약간 슬프게 했다.

티 내지 못하는 슬픔이라 더 슬펐다. 우리는 아직 사귀지 않았기 때문이다. 만일 우리가 사귀었다면, 너에게 이런저런 질투심을 드러냈을 것이다. 그런데 나에겐 그럴 권한이 없다는 게 속상했다. 다른 여자애들에게 너무 친절하지 말라고 말할 권한(?) 말이다. 동아리에는 나보다 매력적인 여자애들이 많아서 불안했다. 그리고 걔가 다른 여자애랑 사귄다 해도 내가 뭐라고 할 이유가 없었다. 만일 정말 그렇게 된다면 마음에도 없는 속마음을 뱉어야 했다. 웃으며, 축하한다고. 오래가라고. 너희 사귈 줄 알았다고…….

그것만은 죽어도 싫었다. 그건 죽어도 있을 수 없는 일이었다!

죽음의 술 게임이 시작되었다. 나는 그 애에게 관심받고 싶어서 일부러 술을 더 많이 마셨다. 그리고 그 애에게 최대한 관심 없는 사람처럼 행동했다. 그 애에게는 눈길도 주지 않으면서 말이다. 최대한 그 자리를 즐기는 척했다. 내가 생각해도 이상한 심보였다. 그땐 왜 그랬을까. 생각해 보면 그 애가 나를 몰래 봐주길 바랐던 것 같다. 내가 어떤 질투를 느꼈던 것처럼, 그 애도 나에게 질투를 느꼈으면 했던 것 같다. 정말 유치했다.

시간이 지나고, 우리는 취하지 않은 사람이 한 명도 없을 정도로 술을 잔뜩 마셨다. 실없는 소리를 주고받으며 밤이 깊어졌다. 나는 어지러운 와중에 알 수 없는 조바심을 느꼈다. 이게 뭘까……? 이게 무슨 기분이지. 형용할 수 없는 감정 때문에 복잡한 심경이 되었다.

사람들은 한두 명씩 밖으로 나가기 시작했다. 어떤 사람은 담배를 피우러 가고, 어떤 사람은 아이스크림을 사러 갔다. 나는 눕고 싶은 기분에 사로잡혀 자리에서 일어났다.

그런데 그때였다.

"산책할래?"

그 애가 먼저 물었다.

"어? 으응."

형광등 10개가 동시에 켜지는 기분이었다.

우리는 신발을 신고 밖으로 나왔다. 여름밤은 긴 시간 동안 걷기 좋은 계절이었다. 풀벌레 소리와 계곡에서 들리는 물소리가 비현실적으로 들릴 만큼 분위기 있었다. 그 분위기는 약간 나를 부끄럽게 했다. 분위기 때문에 더 취하는 것 같기도 하고, 혹은 더 또렷해지는 것 같기도 했다. 그러니까 정확히는, 온 신경에 걔한테만 집중되느라 나머지는 전부 흐릿하게 느껴졌다. 우리가 지금 손을 잡을 수 있다면 얼마나 좋을까. 우리가 지금 포옹을 할 수 있다면 얼마나 좋을까. 우리가 지금 사귀고 있다면 얼마나 좋을까!

"너 근데 여자 친구 있어?"

내 입에서 튀어나온 말에 스스로가 놀랐다.

"나? 여자 친구 한 번도 안 사귀어 봤어."

"헐. 왜?!"

"그냥."

"너 잘생겼잖아."

내 입에서 튀어나온 말에 한 번 더 놀랐다. 그러자 그 애가 해맑게 웃었다. 순간 그런 생각이 들었다. 만일 얘랑 사귀면, 내가 첫 번째 여자 친구겠지……? 그런 생각에 잠시 설레다가, 스스로가 약간 음흉하게 느껴졌다. 속으로 이런 생각이나

하고 있다니. 얘가 나를 좋아하는 게 맞을까? 산책 가자고 한 이유는 뭘까? 혹시, 오늘 고백하려고? 헉. 그러면 어떡하지? 어떻게 대답하고 어떻게 반응하지? 아니야. 괜히 혼자 김칫국 마시지 마……. 나 혼자만 좋아하는 걸 수도 있잖아. 이게 만일 짝사랑이면 어쩌지? 내가 먼저 고백하는 게 나으려나? 그러다가 차이면 어쩌지? 차이면 친구로도 못 지내겠지? 그러면 고백하기 전보다 더 슬퍼지겠지? 그럼 영원히 친구로 지내는 게 나으려나? 그러면 짝사랑은 언제 끝나? 이 아이가 고백하면 끝나겠지? 그런데 얘가 나에게 고백을 할까? 솔직히 잘 모르겠어. 얘의 마음을…….

이런 속마음이 바람처럼 순식간에 스쳐갔다. 여러 마음이 한꺼번에 뒤섞여 어떻게 해야 할지 모르겠다는 생각이 들었다. 그런데 그때였다.

"너는 남자 친구 있어?"

그 애가 물었다.

"아니, 없어. (빈자리에 네가 있었으면 좋겠어.)"

괄호 안에 숨겨둔 말이 입 밖으로 튀어나올까 봐 조마조마했다.

"왜 안 사귀어?"

"뭘?"

"남자 친구……."

"(너한테) 고백을 받아야 사귀지. (바보야……!)"

그 애랑은 목적지를 정하지 않고도 오랫동안 걸을 수 있었다. 어떤 발걸음에는 사랑스러운 핑계가 있었다.

"네가 내 첫사랑이야."

한 달 후, 그 애가 나에게 고백을 했다. 그건 사랑하는 사람에게 들을 수 있는 가장 달콤한 말이었다. 시간이 지나, 그 애는 군대에 갔고 하나의 사랑이 지나갔다.

사랑의 나날들

애교 섞인 우울로 상대에게 애정을 갈구하던 날들. 연애할 때 아쉬운 입장이 되기 싫어서 기 싸움을 벌인 날들. 나쁜 사람이 될까 봐 두려워서 상대 탓을 하던 날들. 싸운 후 누가 먼저 연락할지 벼르던 날들. 보고 싶은 날에 볼 수 없어서 심술났던 날들. 무너지는 마음을 정리하지 못한 채 잠들던 날들. 비난으로 상대방의 마음을 움직이려 했던 날들. 스스로 행복해지는 법을 몰라서 상대에게 의존했던 날들. 사랑하는 이유 1개 때문에 헤어져야 하는 이유 10개를 덮어뒀던 날들. 뒤늦게 상대방의 마음을 깨달았던 날들. 정글 같은 세상 속에서 안전 기지를 만나 편히 쉬었던 날들. 은근슬쩍 그 사람과의 미래를 그려보던 날들.

사랑할 때만 만날 수 있는 무수한 나날들.

죄스러운 짝사랑

같은 교복을 입고 다른 얼굴에 다른 몸을 한 아이들이 한 곳에 모였다. 중학생 때, 길던 머리카락을 울면서 자르고 처음으로 교복을 입어보았다. 교복은 어떤 면에선 참 신기했다. 누가 더 예쁘고 멋진지 잘 알려주었기 때문이다.

게다가 '얼짱'이라느니, '몸짱'이라는 단어가 외모지상주의를 더 부추겼다. 나는 그때 좋아하는 남자애가 있어서 외모에 더 신경 썼다. 그 아이의 별명은 '만월'이었다. 만월은 중학교 1학년 때 내 친구와 같은 반이었다. 그래서 나는 친구네 반에 놀러 간다는 핑계로 만월을 보곤 했다. 만월은 키가 크고, 피부가 하얗고, 갈색 머리카락을 한 잘생긴 아이였다. 그 애는 내 친구와 같은 학원에 다녔다. 그 학원은 공부를 잘하는 애들만 가는 곳이었다. 잘생긴 아이가 공부도 잘해서 나는 더더욱 그 아이를 동경하고 좋아했다.

그러던 어느 날이었다.

"이효리는 진짜 내숭이 없는 것 같아."

그날도 친구는 이효리에 대해 이야기를 하고 있었다. 친구에게는 미안하지만 그날따라 아무것도 귀에 들어오지 않았다. 나만 알고 있는 비밀, 즉, 내가 만월을 좋아한다는 사실을 친구는 몰랐기 때문이다.

"나 좋아하는 사람 있어."

나는 뜬금없이 폭탄선언을 했다.

"헐. 누군데?"

"너네 반이야."

"진짜?"

"응. 만월이……"

친구는 웃으며 말했다.

"걔 버디버디(메신저) 아이디 알려줄까?"

나의 입꼬리는 웃음이 멈추지 않았다.

"응!"

나는 친구를 통해 그 아이의 버디버디를 알아냈다. 그리고 친구 덕분에 만월과 몇 번의 채팅을 주고받았다. 그러나 나와 그 애는 버디버디를 통해서만 연락했고, 학교에서는 둘 다 서로에게 말을 걸지 않았다. 나는 걔에게 말을 걸 용기가 없었고, 걔는 나에게 관심이 없었기 때문이다.

그렇게 중학교 3학년이 되어, 새로운 반에 들어갔다. 아이들은 어수선한 분위기를 틈타 서로를 스캔했다. 그들은 자신과 친해질 사람을 찾고 있는 것 같았다. 나 또한 1년 동안 누구와 친구로 지낼지 생각하며 눈알을 굴렸다. 그런데 그때였다. 낯선 아이들 사이로 어쩐지 익숙한 얼굴이 보였다. 키가 크고, 피부가 하얗고, 갈색 머리카락을 가진 만월이…….

헉! 순식간에 머릿속이 분주해졌다. 마치 비상등이 켜진 것처럼 말이다. "비상사태. 비상사태. 모두 침착하세요. 실제 상황. 실제 상황." 꼭 머릿속에서 그렇게 외치는 것만 같았다. 멀리서만 봐도 떨렸던 애가 나랑 같은 반이 되다니. 앞으로 어떻게 입고, 어떻게 행동하고, 어떻게 말하고, 어떻게 다니지? 순식간에 학교생활이 파노라마처럼 눈에 그려졌다. 나는 평소보다 더 움츠러들고, 더 조용해지겠구나. 내가 그 애를 짝사랑해도, 그 애랑 친해져도, 심지어 그 애랑 사귀어도, 나는 여전히 작아질 거야. 무언가를 열렬히 좋아하면, 나는 점점 작아지는구나. 그 애의 존재가 너무 커서, 내가 작게 느껴지나 봐.

그 애와 같은 반이 되자 나는 그 애를 조금 더 가까이 볼 수 있었다. 이를테면 쌍꺼풀이 한쪽만 있다던가, 하는 것들 말이다. 손 뻗으면 닿을 거리인데 말 한마디 걸지 못하고, 지구 반대편에 있는 사람처럼 멀게 느껴졌다. 그래서 우리는, 한마디도 나누지 못하고 졸업식을 맞이했다. 나는 마지막까지도 만월에게 말 한마디 걸지 못했다. 이제는 정말 마지막이었다. 만월은 남녀공학에, 나는 여고에 진학하기로 했기 때문이다.

아이들은 운동장에서 꽃다발을 들고 사진을 찍었다. 그리고 나도 친구들과 사진을 찍었다. 그런데 그때, 만월이 두리번거리며 내 앞으로 지나갔다. 무언가를 찾고 있는 듯했다.

그런데 그때였다.

"나 사진 좀……."

순간 꿈꾸는 듯 멍해졌다. 만월이 나에게, 말을 건 것이다!

"사진? 어, 그래……."

나는 얼떨결에 대답했다. 만월은 친하지 않는 사람에게 부탁하듯 뻘쭘해했다. 주변에 찍어줄 사람이 없어서 나에게 부탁을 한 것이다.

나는 카메라를 받고 얼떨결에 사진을 찍어주었다. 물론 배경의 구도 같은 건 전혀 신경 쓰지 않고…… 아니, 신경을 쓰지 못했다는 게 더 맞는 말이었다. 나는 사진을 찍는 그 순간에도 오로지 만월이 나에게 말을 걸었다는 사실에만 집중했다. 그게 너무 신기하고 꿈같았기 때문이다.

"감사합니다."

만월의 가족들은 사진을 찍자 감사 인사를 했다. 나는 웃으며 만월에게 카메라를 돌려주었다. 만월은 "고마워."라고 한 뒤 가족들과 교문 밖으로 걸어갔다. 나는 만월의 뒷모습을 바라보며 주머니에 손을 넣었다. 주머니에는 쪽지가 들어있었다. 나는 쪽지를 꽉 움켜쥐었다. 혹시 몰라 적어놓은 쪽지를, 건넬 일이 없다고 확신했던 그 쪽지를, 쓰레기통에 넣을 것인지 만월에게 줄 것인지 결정해야만 했다.

그런데 그때였다.

"사진 찍자!"

한 친구가 카메라를 들고 다가왔다.

"어?……. 그래."

친구와 사진을 찍자 만월은 내 시야에서 완전히 사라졌다. 나는 쪽지를 아무도 안 볼 때 운동장 바닥에 몰래 버렸다. 후련하지도 찝찝하지도 않았다. 반전도 하이라이트도 없었다. 체념하는 게 가장 자연스러웠다. 그리고 그래야만 했다.

이 운동장을 나가면, 모든 게 과거형이 될 것이다. 아무도 묻지 않는 대답은, 운동장 모래에 묻힐 것이다. 그것이 설령 쪽지에 적혀있는 진심일지라도. '좋아해'가 아닌 '좋아했어'라고 적은 순정일지라도.

너무 사랑하면 그렇게 되나 보다. 사랑한다는 말조차도 죄스러워지나 보다.

5장

일을 사랑하기

초라한 현실을 피하려고 꿈을 꿨지만,
꿈을 이루려면 더 초라한 현실을 극복해야 했다.

불공평한 먹이사슬

학생 때 처음으로 공장 아르바이트를 했다. 새하얀 작업복을 입고 컨베이어 벨트 앞에서 단순 작업을 반복하는 일이었다.

옆에 있는 아주머니는 손이 빠른 베테랑이었다. 그에 비해 나는 작업 속도가 느렸다. 베테랑 아주머니가 말했다.

"좀 더 빨리할 수 없어요?"

컴퓨터 게임처럼 공장에 렉이 걸렸으면 좋겠다고 생각했다. 캐시템 하나 얻으려고 이렇게 일해야 한다니. 부모님도 이런 걸 견디며 일했겠지? 갑자기 눈물이 날 것 같았다. 그런데 울면 더 혼날 것 같아서 꾹 참았다. 입술을 너무 깨물어서 혀에서는 쇠 맛이 났다. 입술에서 피가 나도록 울음을 참았다. 울음을 삼키며 말했다.

"죄송합니다."

교실 풍경이 떠올랐다. 교실에 있는 아이들은 주로 자신과 비슷해 보이는 사람과 어울렸다. 잘나가는 무리, 잘나가는 애를 보조하는 무리, 모범생 무리, 이도 저도 아닌 무리끼리.

잘나가는 무리는 교실을 자유로이 활보했다. 그러나 나머지 무리는 잘나가는 무리를 두려워했다. 나는 그걸 보며, 인간에게도 일종의 먹이사슬이 존재한다고 생각했다. 그리고 어쩌면 그건, 사회에 적응하기 위한 예행연습인지도 몰랐다. 사회에서는, 레벨1인 알바생이 3년 넘게 일한 아주머니와 똑같은 능력치를 발휘해야 살아남았기 때문이다.

사회에서는 내 능력 이상의 것들을 요구했고, 사람들은 무섭도록 차가웠다.

사랑은커녕, 살아남기도 어려운 곳이 사회였다.

지식 강박 탈피

우연히 긍정 심리학을 접했다. 긍정 심리학의 창시자 마틴 셀리그먼Martin Seligman은 심리학의 대부분이 부정적인 면에 몰입되어 있어서 이제는 긍정적인 면을 강조해야 한다고 했다. 단점을 고치기보다 '강점'을 기르는 게 훨씬 행복하고 효율적인 인생이라며 말이다.

그렇다면 나의 강점은 무엇일까? 심리 검사는 나에 대해 알고 싶을 때 활용할 수 있는 최적의 도구인 것 같다. 우연히 알게 된 몇 가지 심리 검사가 있다. 직업 탐구 시 도움이 되었던 검사라 몇 개 소개하고자 한다. 나의 강점을 작게나마 알 수 있을 것이다.

• 홀랜드Holland의 직업흥미검사

6가지 유형을 통해 알맞은 직업을 찾도록 도와주는 검사이다. 현실형(R), 탐구형(I), 예술형(A), 사회형(S), 진취형(E), 관습형(C)으로 나뉜다.

• MBTI 성격 유형 검사

인간의 성격을 16가지로 분류하여 자기 이해를 돕는 심리 검사이다. 학교, 직장, 군대 등에서 광범위하게 사용되고 있다.

• 고용노동부 개발 검사

고용노동부 한국고용정보원 워크넷(www.work.go.kr)에서 '청소년 대상 심리검사'와 '성인 대상 심리검사'를 진행할 수 있다.

• 5요인 모형(Big Five Model)

성격의 다섯 가지 요인을 외향성, 호감성, 성실성, 정서적 안정성, 경험에 대한 개방성으로 나눠 특성을 파악하는 심리 검사이다.

내가 부러워하던 부류는 주로 이과생들이었다. 그러나 심리검사를 진행해 본 결과, 나는 문과형, 혹은 예술가 유형에 가까웠다. 하지만 부족해 보이기 싫다는 이유 때문에, 정치, 과학, 사회, 경제 관련 지식을 소비했다. 다르게 말하면, 강점을 업그레이드하기보다는 단점을 숨기기에 급급했다. 그땐 지식을 배우는 마음가짐이 올바르지 못했던 것 같다. 지식 그 자체를 알려주는 책은 많지만 지식을 배울 때 어떤 마음가짐을 가져야 하는지 알려주는 책은 없어서 더 헤맸다. 부족해 보이기 싫어서, 지적 허영을 채우기 위해서, 남들보다 더 우월하기 위해서 소비하는 지식은 어떤 유익도 없었다.

그래서, 그의 말마따나 강점에 집중해 보기로 했다. 그러자 신기하게 열등감이 조금씩 사라졌고, 그때 나는 알게 되었다.

지식은 우월함을 증명하는 도구가 아니라, 내가 가진 강점을 활용하는 수단이라고.

이건 나의 욕심이지만, 사람들이 지식을 배우는 마음가짐을 선하게 가졌으면 좋겠다. 사회적으로 도움이 되기 위한 마음, 선한 영향력을 끼치기 위한 마음, 학문에 대한 순수한 사랑과 탐구심 같은 거 말이다.

꿈, 벽, 문

한여름, 학원 근처 고시원에 방을 얻었다. 처음으로 자취를 해보았는데 하필 고시원인 건 조금 슬펐지만 그래도 나름 '낭만'이 있다고 생각했다.

하지만 그 낭만은 딱 3일 유효했다. 낭만의 유통 기한이 3일이라니. 열악하고 쾌적하지 않은 환경에서 생활 밀착적 고생을 겪었다. 가수 김윤아의 〈꿈〉이라는 노래를 들었다.

때로 너의 꿈은
가장 무서운 거울이라
초라한 널 건조하게 비추지

초라한 현실을 피하려고 꿈을 꿨지만 꿈을 이루려면 더 초라한 현실을 극복해야 했다. 고시원에 누우면 네모난 상자 안에 꼼짝없이 갇힌 기분이었다. 현실이라는 두꺼운 벽으로 둘

러싼 거대한 상자 안에. 난공불락의 요새 같았다.

"이대로 죽어도 아무도 눈치채지 못할 거야."

작게 중얼거리며 눈을 감고 뒤척였다. 눈을 떠도 밤이고, 눈을 감아도 밤이었다.

내일은 그래도 해 뜰 때 일어나야지. 나도 남들처럼 해 뜰 날 보아야지…….

불면증 환자의 목표는 너무나도 소박했다.

그러던 어느 날, 엄마와 고시원 근처에서 밥을 먹고 미용실에서 머리를 잘랐다.

미용실 아주머니가 물어보았다.

"이 동네 주민이세요? 처음 보는데."

학원에 다니느라 고시원에 산다고 했다. 조금 숨고 싶었다.

"어머, 고시원? 힘들겠다. 거기 한 달에 얼마씩 내요?"

조금 슬픈 목소리로 금액을 이야기했다.

"어이구, 비싸게 받아먹네! 딸. 우리 아들 방에 들어올래?"

이건 무슨 말인가 싶었다.

"(제가) 아들 방을요?"

"우리 아들이 3개월 후에 제대하거든. 지금은 군대에 있어. 빈방이 하나 있는데, 제대하면 우리 아들이 쓸 거야."

"(딱 3개월만 머물 사람을 찾는 건가?) 위치가 어디인데요?"

"저기 ○○ 대학교 알지? 거기 근처야."

나는 너무 깜짝 놀랐다. 놀란 포인트는 다음과 같았다.

① 웹툰 과정이 딱 3개월 남았었다. (3개월 후면 원래 집으로 돌아갈 예정이었다.)

② 학원은 아주머니가 말한 ○○ 대학교 근처에 있었다.

그 순간, 오래전 일이 떠올랐다. 어느 날 귀뚜라미가 집에 들어온 적이 있다. 그때 나는 귀뚜라미를 종이컵에 가두었다. 종이컵에서는 탁! 탁! 하고 소리가 났다. 귀뚜라미가 뛰어올라 종이컵에 부딪친 소리였다. 종이컵은 살짝 덜컹거렸으나 귀뚜라미가 튀어나올 정도는 아니었다. 귀뚜라미는 계속해서 탈출을 시도했다. 그러자 종이컵에선 또다시 탁! 탁! 소리가 났다. 소리가 반복되자 처음에는 무서웠지만 나중에는 어떤 '연민'이 들었다. 단순히 귀뚜라미가 불쌍하다는 의미가 아니었다. 어차피 안 될 텐데…… 되지도 않는 일에 최선을 다하는 게, 꼭 내 모습 같았다. 미안해 귀뚜라미야……. 하지만 종이컵을 떼면 멋대로 튀어나올 거잖아……. 귀뚜라미는 바보야. 바보!

나는 그날, 귀뚜라미가 너무 불쌍해서 투명한 비닐봉지를 가져왔다. 그리고 종이컵을 살짝 들어서 귀뚜라미를 비닐봉지 안에 집어넣었다. 귀뚜라미에게 말했다.

"옳지, 착하다."

그날 나는 창문을 열고 귀뚜라미를 풀어주었다. 어쩌면 불쌍해 보이는 게 꼭 나쁜 건 아닐지도 모른다고 생각하며.

엄마와 나는 앞뒤 잴 것도 없이 미용실 아주머니가 말한 집으로 한달음에 달려갔다. 월세는 고시원이랑 똑같았고, 보증금은 받지 않는 조건에, 환경은 더 좋았다. 신이 도운 것 같은 타이밍이었다.

내게 현실은 깰 수 없는 두꺼운 벽이었다.

그러나 떠올려보면 문은 언제나 벽에 있었다.

모든 벽에 문이 있는 건 아니지만,

문은 반드시 벽에 존재했다.

벽을 만났다는 건 문을 만난 걸지도 모른다.

'한계에 봉착했다'는 말은 '한 단계 더 발전할 기회'와 동일한 의미일지도 모른다.

나는 문을 열고 또 다른 세상으로 탈출했다.

크고 작은 사랑과 도움 속에 꿈을 꿀 수 있었다.

꿈이라는 지옥

나는 이 글을 쓰고 나서 일주일 동안은 내리 잠만 잤다. 지금은 겨우 회복하고 자리에 앉았지만, 있는 힘, 없는 힘 쥐어짜 내던 그 시절을 회상하면 여전히 조금 피곤해진다.

몇 년 전, 그날은 애인에게 연락이 왔다. 원하는 회사에 합격했다는 문자였다. 결혼까지 약속했던 애인이라 진심으로 축하해 주었다. 그렇게 다음 날, 데이트 약속을 나가기 5분 전에 '헤어지자'는 문자가 왔다. 신발을 신고 나갈 참이었다. 왜 데이트 약속을 잡고 그런 이야기를 꺼내니……. 일순간 한 대 맞은 기분이었다. 뒤이어 그런 생각이 들었다.

너는 뭐든 참 쉽구나……. 원하는 걸 얻기도, 원하지 않는 걸 버리기도.

분노, 배신, 슬픔, 아픔 등 온갖 부정적 감정은 다 느꼈다. 그런데 마냥 울지만은 않았다. 치열하게 아팠지만 불에 활활 타면서도 어떻게든 견디려고 악을 썼다. 그 인간보다 성공하려면 어떻게 해야 할까. 웹툰 작가가 되고 싶은데, 웹툰 학원이 너무 멀리 있었다. 그래서 학원 근처 고시원에 방을 얻었다. 자발적으로 선택한 고립이었다.

고시원에 돌아와 불을 켜면 바퀴벌레가 보였다. 버티기 힘든 환경이었다. 그런데 우연히 미용실 아주머니를 만나 원룸을 얻었다. 보기 드문 행운이었다.

공모전에 붙으려면 열심히 해야 했다. 가장 먼저 포기한 건 '밥'이었다. 먹는 시간이 아까워서 끼니를 걸렀더니 한 달 만에 5kg이 빠졌다. 무엇이 현실이고 무엇이 공상인지도 헷갈렸다. 그리고 때로는 공상 세계에서 더 부지런했다. 네모 칸 속 배경, 네모 칸 속 인물, 네모 칸 속 사건, 네모 칸 속 대사에.

성공에 대한 집착은 내 인생을 서서히 좀먹기 시작했다. 집착이 아닌 집중을 해야 했다. 성공에 집착하니 '~해야 해!'라는 생각이 자기 직전까지 이어졌다. 하지만 공모전에는 계속 떨어졌고, 통장 잔고도 떨어져가고 있었다. 웹툰 채색 알바비가 입금되지 않을 땐 3천 원이 전부였다.

다음 날, 작가님께 연락이 왔다. 웹툰 연재가 곧 종료되니, 채색 알바는 이번 달까지만 해달라는 연락이었다. 나는 알겠다고 한 후 냉장고를 열어보았다. 냉장고가 텅텅 비어있었다. 저금통에 들어 있는 500원짜리 동전 5개를 꺼냈다. 코인 노래방에 가려고 아껴둔 돈이었다. 유일하게 스트레스를 해소할 수 있는 곳이 코인 노래방이었는데.

잠시 머리가 멍해졌다. 몇 초 후, 작가님께 연락했다.

"작가님, 혹시 알바비 미리 주실 수 있나요?"

순간 그런 생각이 들었다. 남의 이야기인 줄 알았던 '청년 고독사'를 내가 겪을 수도 있겠구나. 나 정말 굶어 죽을 수도 있겠다. 꿈을 너무 사랑한 나머지, 자신을 사랑하지 않아서 죽을 수도 있을 거 같아.

꿈을 사랑하려면, 내가 살아있어야 해.
나는 죽어가고 있어.

주말 아침, 취업 박람회에서 문자가 왔다. 참으로 시의적절해서 살짝 어처구니가 없을 지경이었다. 오랜만에 커튼을 걷자 먼지가 공기 중에 떠다녔다. 창문 근처에는 선인장 화분이 보였다. 선인장을 보니 책에서 읽은 내용이 떠올랐다. 선인장은 사막 같은 건조한 지역에서 살아남기 위해 가시로 수분 손실을 막는다고. 그런 점에서 식물은 인간과 비슷했다. 식물도 각박한 환경에 놓이면 까칠해지니까…….

선인장은 사랑을 받지 못해서 죽어버렸다. 정신세계와 물질세계는 생각보다 많은 부분에서 일치했다. 내가 관리를 못한 탓이었다.

나는 죽은 선인장 화분을 버리고 검은색 코트를 입었다. 그리고 취업 박람회에 갔다.

정교한 우연

구질구질한 삶을 종지부 찍고자 취업 박람회에 갔다. 그곳에서 애니메이션 회사 면접을 봤다. 시나리오 작가를 모집한다고 했다. 포트폴리오는 1년 반 동안 그린 웹툰을 보여주었다. 면접관은 나에게 여러 가지 질문을 했다.

"왜 유치원 교사를 그만두게 되었나요?"

"이 일을 해본 적이 없는데 잘할 수 있나요?"

"본인보다 나이가 많은 인물의 대사는 어떻게 쓰나요?"

"젊은 감각의 창의적인 인재를 원하는데 본인이 적합한 사람이라 생각하나요?"

"평소에 웹툰은 어떤 장르를 즐겨보나요?"

"재밌는 이야기란 무엇인가요?"

나는 식은땀을 흘리며 말을 더듬었다. 질문을 하나씩 받을 때마다 멘탈이 와르르 무너졌다. 한 개만 건드려도 전체가 쓰러지는 도미노처럼……. 이대로 가다가는 재기에 성공하지 못할 게 뻔했다.

나는 본래의 정신이 아닌 상태로 말했다.

"저, 자신 있습니다! 진짜로요……."

마지막에 "진짜로요……."는 거짓말이라 조금 얼버무렸다.

며칠 후, 애니메이션 회사에 최종적으로 합격했다. 내가 뽑힌 이유는 꽤 놀라웠다. 회사에서는 유아용 애니메이션을 기획 중이었고, 마침 내가 유아 교육과였으며, 내가 그렸던 웹툰 포트폴리오가 마음에 들었다고 했다.

이 이야기를 듣자 머릿속에 어떤 충격 같은 걸 경험했다. 나는 유치원 교사를 그만둔 후 내 전공이 아무런 쓸모가 없다고 생각했고, 웹툰 작가의 꿈을 접었을 때도 마찬가지였다. 그런데 이 개연성이 너무나도 정교해서 놀라웠고, 어떤 실패는 꼭 필요한 실패 같았다. 인생사 새옹지마였다.

정교한 우연이 나를 살렸다. 실패로 인해 삶에 대한 애정이 마모되던 참에 말이다.

결핍에 대하여

결혼을 앞둔 친구를 홍대에서 만났다. 분위기 좋은 카페에서 커피를 마시고, 회사 이야기를 하고, MBTI 이야기를 하고, 화성학 이야기를 하고, 고양이 이야기를 하다가, 결핍에 대한 이야기로 넘어갔다. (친구는 INTP, 나는 INFJ이다.)

INFJ 나는 행복이 되게 거창하다고 생각했거든? 그런데, 좋아하는 사람이랑 맛있는 거 먹고 있으면 행복이 별거 없다고 느껴져. 백수일 때 쉬는 거랑 직장인일 때 쉬는 거랑은 또 다르고. 회사 다니면서 고생할 때는 휴일이 너무 행복했는데 백수일 때는 늘 쉬니까 그게 그거 같다고 해야 되나? 행복은 예측할 수 없는 형태로 나타나는 거 같아.

INTP 맞아. 백수일 땐 매일 쉬니까 쉬어도 쉬는 것 같지 않고 그게 그거 같은데……. 직장 다닐 땐 주말이 행복하지.

INFJ 근데 한편으로는 돈이 있기에 행복한 건 아닐까 싶기도 해. 지금 마시고 있는 커피도 돈이 없다면 못 마셨을 테니까? 어쩌면 불행은 돈이 없어서 생기는 거 같기도 해.

말하는 순간, 문득 INFP와 했던 대화도 떠올랐다.

INFP 어릴 때는 노년에 평온하고 우아한 분들 보고 '저렇게 되고 싶다' 했는데 나이 먹으니 그냥 돈에서 나오는 평온함이었다는 걸 깨닫고는 인성이고 나발이고 돈이 최고구나 싶었어.

INFJ 맞아. 경제적 여유에서 나오는 짬바는 무시 못 하지…….

INTP 친구가 커피를 홀짝이며 대답했다.

INTP 음. 결핍은 '물질적 결핍'이랑 '정신적 결핍'으로 나뉘는 거 같아. 요즘 드는 생각은, 물질적 결핍이 정신적 결핍을 낳는다기보다는, 물질적 풍요가 정신적 결핍을 낳는 거 같아.

INFJ 풍요 속의 빈곤(?) 같은 느낌인가?

INTP 요즘에는 물질적으로 너무 풍요로워서 정신적 결핍이 생기는 것 같아.

INFJ 오……. 그 생각은 한 번도 못 해봤어. 나는 사람들이 돈 때문에 자주 불행해한다고 생각했는데, 생각해 보면 예전에 비해 물질적으로 풍요로운 세상에 살고 있잖아? 돈이라는 건 알바를 해서라도 벌 수 있는 거 같아. 그런데 세상이 너무 풍요로워져서 타인과 비교를 하게 되고, 그 비교 때문에 사람들이 괴로워하는 것 같아. 서울만 해도 같은 서울이지만 어느 지역은 너무 낙후되어 있고 어느 지역은 너무 발달되어 있잖아? 오히려 물질적 풍요가 너무 발달해서, 덜 풍요로운 쪽이 상대적으로 더 빈곤해 보이는 것 같기도 해. 그게 정신적 결핍을 낳는 것 같기도 하고…….

INTP 응 맞아. 그리고 정말 굶어 죽기 직전이면 뭐라도 하게 되어있을걸?

INFJ 하하! 맞아! 내가 만약 길바닥에 나앉게 생겼다면 정말 뭐라도 했을 거 같아. 간절함이 물질적 풍요를 낳는 건가?

INTP 그렇지 않을까. 간절해야 그만큼 힘도 생기니까.

INFJ 생각해 보면 난 애매하게 가난해서 덜 간절한 것 같아…….

INTP 나도…….

INFJ 애매하게 가난한 게 제일 슬픈 거네! 간절해야 더 많이 버는데……. 난 아직 덜 간절한가 봐. 애매하게 가난해서……. 가난을 사랑해 줘야겠네. 가난아, 더 가난해져라! 그래야 내가 열심히 살 수 있어!

어느새 유리잔 속 얼음은 물이 됐고, 창밖은 어둑어둑해졌다. 가게의 조명들이 분주하게 반짝였다. 우리는 20분 동안 저녁밥 메뉴를 고민하다가 자리에서 일어나 이렇게 말했다.

"배고프니까 일단 나가자."

허기가 움직일 동기를 제공해서 밖으로 나왔다. 애매한 배고픔에서 벗어난 결과였다. 배가 고프도록 한 발자국도 움직이지 않는 건 인간의 본성일지도 모른다고 생각하며 발걸음을 재촉했다. 거리에는 서로를 사랑하는 연인들이 많아 보였다.

내 일과 내일

내 일을 사랑하지 않으면
내일이 오는 게 두려울 거야.

불안할 때 가장 포기하기 쉬운 건
무언가를 사랑하는 마음인가 봐.

하면 된다? 되면 하자

삶의 절반은 노동이라고 표현해도 과언이 아닐 것이다.

지난 몇 년, 노동의 역사를 돌아보면 참 많은 일을 했다. 일을 하며 느낀 건 크게 없었다. 그냥 힘들고, 그만두고 싶다는 생각이 대부분이었다. 일을 하고 싶어서 했다기보다는 필요에 의해서 한 적이 많았다. 물론 그 필요라는 건 언제나 '돈'이었다. 돈이 필요해서 일했다. 일하지 않으면 돈을 벌 수 없었으니까.

가난은 사람을 더없이 슬프게도, 화나게도, 서글프게도, 부끄럽게도 만들었다.

사는 건 뭘까.

다큐멘터리에서 치타가 멧돼지를 사냥하는 모습을 본 적이 있다. 영상 속 치타는 풀숲에 몸을 숨기고 조용히 멧돼지에게 접근했다. 멧돼지는 무지하고 순진하게 치타 쪽으로 다가왔다. 그 순간, 치타가 멧돼지에게 달려갔다! 멧돼지는 치타를 발견하고는 겁에 질려 부리나케 도망갔다. 하지만 예견된 죽음이었다. 멧돼지는 몇 초 만에 핏덩이가 되어 치타의 배 속으로 들어갔다. 생생하게 살아있던 멧돼지는, 고작 몇 초 만에 고기가 되었다.

사는 건 정말 치열한 일이라는 생각이 들었다. 동물뿐만 아니라 인간조차도. 모든 생명체는 치열하지 않으면 살아남기 힘들구나…… 하고 작은 체념을 느꼈다. 그 체념은 너무나도 현실적이어서 무력감마저 들었다. 살기 위해서는 비지땀을 흘려가며 일해야 하는데, 단순히 살기 위해서 그런 노력을 해야 한다는 게 무의미하게 느껴지기도 했다.

Big Five 심리검사에 의하면 나는 신경증이 높아서 예민하다고 했다. 예민한 영혼은 고통은 크게 느끼고 치유는 느린 것 같다. 나는 도망치는 게 익숙한 초식 동물이라 직장에서 자주 도망쳤다. 어쩔 땐 빌딩 사이를 걷는 직장인들이 전부 육식 동물처럼 보이기도 했다. 사람들은 물었다. 어떻게 작가가 되었냐고. 부럽다고. 나는 그럴 때마다 "하하……." 하며 멋쩍게 웃고 만다. 사실 이 웃음에는 숨겨진 메시지가 있었는데, 차마 그 말은 하지 못했다.

숨겨진 의미는 이러했다.

"하하……. (할 수 있는 게 이거밖에 없어서 그래……. 부러워하지 않아도 돼……. 내 삶도 사실은 엄청나게 치열하고 힘들거든……. 정말이야……. 안 믿겠지만…….)"

치열하다는 말이 너무 촌스럽지만, 정말로 치열하게 살았다. 회사에 다니면서 글을 쓸 때는 6개월 넘게 주말마다 쉬지 않고 글을 썼고, 요즘에는 일주일 내내 10시간씩 글을 쓴다. 나란 인간은 정말로 예민해서 이거밖에 할 수 있는 게 없다. 재능이 있어서 작가가 된 게 아니라 오히려 할 줄 아는 게 이거밖에 없을 정도로 너무 무능해서 작가가 된 것 같다. (물론 모든 작가가 다 그런 건 아니다.)

떠올려보면 다들 비슷한 이유인 듯했다. 직장인도, 프리랜서도, 예술가도, 사업가도, 자기가 하고 싶은 걸 하기보다는 할 수 있는 걸 먼저 하는 것 같다. 하고 싶은 건 둘째 문제다.

노동의 형태를 보면, 세상은 다양한 와중에 철저히 분류화되어 있다. 우리는 분류된 세상 속에서 소외를 느끼고, 연대를 느끼고, 사랑을 하고, 증오를 품는다. 사람들 사이에 뒤섞여 온갖 감정을 느끼며 살아가는 건 여간 쉬운 일이 아니다. 인정하기 싫지만 삶에는 많은 고통이 있고 그게 진실이다.

진실은 외면할수록 분노로 화답한다. 세상에게 자주 화났던 이유는 아마 이것 때문이었을 것이다. 편한 삶은 없는데 자꾸 있다고 생각해서. 그게 나에게는 해당이 안 되고 그 점이 겁나게 억울해서.

사실은 각자가 각자의 이유로 치열하게 살고 있을 것이고, 그게 삶의 속성일지도 모른다. 그렇게 생각하니 괜히 억울한 마음을 품지 않게 되었다. 나는 내가 할 수 있는 일을 하면 된다. 요즘엔 어쩐지 연애를 하고 싶은데 할 수 있을지는 모르겠다. 하고 싶다고 해서 다 할 수 있는 건 아니니까.

나는 오늘도 내가 할 수 있는 걸 한다. 세상에는 할 수 없는 것도 너무 많기 때문에.

'하면 된다'는 개뿔. 되면 하자.

맛있는 글을 배달해 드립니다 1

베란다에 쌓인 갈색 편지 봉투를 보면, 문득 그날이 떠오른다. 출근 전 우체국에 들러 편지를 부치고 부랴부랴 출근했던 몇 개월을.

이런 일이 있었다. 프리랜서 생활을 하다가 궁핍해져서 손편지를 팔기로 결심했다. 책만 쓰면서는 생계를 유지할 수 없었기 때문이다. 전자책 시장이 활성화되고 개발자는 늘어나는 이 시대에, 손편지를 파는 사람은 거의 없을 거라 생각했고, 작가는 책을 팔기 이전에 글을 파는 사람이라는 생각이 들었다. 또한 미술관에 전시된 그림보다 손편지가 훨씬 낭만적이라서 마음에 들었다.

다음 날, 다이소에서 스티커를 사고 인터넷으로 편지 봉투를 주문했다. 그리고 몇 주 동안 카페에 가서 글을 썼다. 글이 생각보다 안 나와서 끙끙대다 겨우 완성했다.

완성 후에는 A4용지에 글씨를 하나하나 적었다. 그리고 인쇄소에 갔다. 인쇄소 아저씨가 물어보았다.

"몇 장 복사해 드려요?"

질문을 받자 이런 생각이 들었다. '내 편지를 몇 명이나 사줄까?'

작아진 마음으로 소심하게 대답했다.

"10장이요……."

그 순간, '만일 10장을 복사했는데 100명이 신청하면, 나머지 90명은 어떡하지?'라는 생각이 들었다. 느닷없는 마음이었다.

"아저씨. 죄송한데 100장 복사해 주세요."

또 그때, '만일 100장을 복사했는데 1000명이 신청하면, 나머지 900명은 어떡하지?'라는 생각이 들었다. 도박을 하고 싶었다. 배팅이다!

"아저씨, 100장 말고 1,000장 복사해 주세요."

나는 구석 의자에 앉아 종이가 복사되기를 기다렸다. 잉크 냄새와 나무 냄새가 진동하는 그곳이 나에게는 커다란 안식처 같았다. 녹차처럼 따뜻하고 편안한 사랑의 모습이었다. 누군가는 낡고, 오래되고, 고루한 것으로 취급할지 모르지만, 나는 그곳이 고향처럼 편안했다.

복사가 끝난 후 계산대로 갔다. 계산대에는 복사한 1,000장의 A4용지가 올려져 있었다. 생각보다 두툼해서 조금 당황했다. 보자마자 '사고 쳤다'라는 생각도 조금 들었다. 나는 그곳에서 10만 원 정도의 돈을 지불하고 집에 갔다. A4용지를 10만 원 어치 복사한 것이다…….

집에 돌아와 A4용지 한 장 한 장에 스티커를 붙였다. 1,000장의 A4용지는 생각보다 많은 양이었다. 스티커를 붙이는 게 이렇게 고강도 노동이었다니. 며칠 동안 새벽 내내 스티커만 붙여서 피로가 덕지덕지 쌓여갔다. 고개를 돌리면 바로 침대가 보이는데, 왜 나는 사서 고생을 할까……라는 생각도 들었다.

스티커를 300장 정도 붙일 무렵, 인터넷에서 주문한 편지 봉투가 왔다. 갈색 편지 봉투였다. 그날은 스티커 작업이 너무 힘들어서 편지지를 편지 봉투에 넣는 작업을 했다. 작업 과정은 단순했다. A4용지를 반으로 접어서 편지 봉투에 넣고 풀로 붙이면 끝! 종이는 나무 시체임에도 불구하고 묘하게 위안을 줬다.

다음 날, 홍보 포스터를 찍기 위해 카페에 갔다. 그런데 사진이 예쁘게 나오지 않았다. 그래서 편지지 옆에 튤립을 놓고 사진을 찍었다. 찰칵, 찰칵. 아이폰으로 3시간가량 사진을 찍을 땐 그런 생각이 들었다. 나는 무엇을 위해서 이렇게 열심히 하지……?

집에 가는 길엔 불길하게 비가 내려서, 가져온 편지가 젖었다. 그래서 집에서 젖은 편지를 버리고 노트북을 켰다. (1,000장 복사하길 잘했다.) 그리고 예전에 배운 포토샵을 실행하여 포스터를 만들었다. 사진 상단에는 이렇게 적었다.

'주서윤 작가의 손편지를 받아보세요.'

밑에는 설명을 적었다. 종류, 가격, 신청 방법, 설명, 당부사항에 대한 내용이었다. 가격은 편지 하나당 3,900원으로 설정했다. 처음에는 4,900원으로 하려다가 안 팔릴까 봐 무서워서 가격을 내렸다. 설명 맨 첫 줄에는 이렇게 적었다.

"맛있는 글을 배달해 드립니다."

모든 준비를 마친 후 개인 인스타그램에 게시물을 업로드

했다. 사랑과 관심이 필요했다.

게시물을 올린 후 내 머릿속엔 '어떡하지'로 가득했다. 아무도 신청 안 하면 어떡하지. 너무 많이 신청하면 어떡하지. 관종처럼 보이면 어떡하지. 손가락질받으면 어떡하지.

다음 날, 신기한 일이 생겼다.

(2탄에 계속)

맛있는 글을 배달해 드립니다 2

다음 날, 신기하게도 2명의 독자가 3,900원을 입금했다. 돈이 벌린다는 사실이 처음에는 신기하고 무서웠다. '이걸 내가 받아도 될까?'라는 생각도 들었다. 그다음 날에는 3명이 신청했다. 사장님이 월급을 주셨을 땐 아무렇지 않았는데 대중들에게 돈을 받으니 이상하게 죄스러운 기분이 들었다.

일주일 동안은 하루에 2~3명의 사람들이 편지를 신청해 줬다. 그래서 기분이 좋았고 고마웠다. 하지만 일주일이 지나니 거짓말처럼 약발이 떨어지기 시작했다. 거의, 아니, 아무도 신청을 안 하는 것이다…….

인쇄 비용, 스티커 비용, 편지 봉투 비용을 생각하면 수입은 거의 제로라고 봐도 무방했다. 이런, 어떡하지. 당연한 결과인데 망치로 머리를 맞은 것 같았다. 포기하지 않는 것보다 더 힘든 건 간절히 원하는 걸 포기하는 것이었다. 발악하는 심정으로 '판매처를 확대하면 어떨까?'라는 생각이 들었다. 그래서 독립서점과 아이디어스(온라인 핸드메이드 마켓)에 입고 기획서를 보냈다. 예술가는 자영업자랑 비슷할지도 모른다는 생각이 들었다. 자영업자의 마음이 이런 거였구나. 매 순간 매출이 떨어질까 봐 전전긍긍하는 마음. 직장인일 때는 느껴본 적 없는 마음이었다. 그래서 신기하고 낯설고 두려웠다.

100곳의 독립서점에 이메일을 보냈고, 내 편지를 받아준 곳은 단 한 곳이었다. 부산에 있는 '주책공사'라는 독립서점이었다. 그 무렵 '아이디어스'에서도 편지를 팔 수 있게 되었다. 위기를 면하고 새롭게 도약하는 기분이었다. 하지만 그것도 잠시뿐이었다. 시간이 지날수록 편지는 팔리지 않았고, 수입은 몇 달째 '제로'가 됐다. 베란다에 쌓인 재고를 보자 세상에게 심술이 났다. 돈은 점점 떨어지고, 생일 직전에 헤어진 애인도 생각났다. 사실 개 때문에 더 잘 살고 싶은 마음도 있었는데. 하지만 완전히 실패했고, 날 것 그대로 얘기하면 존나 죽고 싶었다. 조금 순화해서 표현하면 살아야 할 이유를 느끼지 못했고, 많이 미화해서 말하면 세상은 생각보다 아름답지 않았다. 미화를 넘어 아예 거짓말을 하면, 그래도 희망이 있다고 생각했다.

고로 죽고 싶었다는 말은, 아무런 희망이 없었다는 말과 동일했다.

새벽마다 그런 생각했다. 영영 직장인으로 사는 게 내 운명인가. 다른 사람들은 회사 생활에 잘만 적응하는데 왜 나만 부적응자처럼 이러고 있을까. 나는 영원히 내가 원하지 않는 걸 하면서 살아야 할 운명인가.

자기 확장의 욕구를 잃어서 우울했고, 한계를 느껴서 결국 새로운 회사에 취업했다.

취업한 지 한 달 정도 지났을 땐, 정체 모를 돈이 입금되었다. 이게 뭐지? 그런데 그때, 독립서점 '주책공사'에서 연락이 왔다. 편지 재입고 요청 연락이었다. 독립서점에 입고한 편지 10장이 다 팔린 모양이었다.

나는 감사한 마음으로 우체국에 들러 편지를 부치고 부랴부랴 회사로 출근했다. 얼마 후, 주책공사에서 또 연락이 왔다. 입고한 편지 10장이 다 팔려 또 재입고 요청을 한다는 연락이었다. 생각보다 편지가 빨리 동나는 모양이었다. 나는 또 감사한 마음으로 우체국에 가서 편지를 부치고 부랴부랴 회사로 갔다.

베란다에 쌓여 있는 갈색 편지 봉투를 보면, 문득 그날이 떠오른다. 출근 전 우체국에 들러 편지를 부치고 부랴부랴 출근했던 몇 개월을. 그때가 여름이었는데 벌써 겨울이 됐다.

오늘은 오랜만에 밖으로 나왔다. 거리에는 사랑하는 연인들이 손을 잡고 있었다. 겨울에만 볼 수 있는 첫눈이 왔다. 포도알처럼 굵은 눈송이가 먹구름을 뚫고 탐스럽게 내렸다. 눈은 비처럼 요란하게 울지도 않고, 소리 없이 천천히, 하얗게 쌓였다. 제아무리 재촉해도 때가 아니면 오지 않는 눈이었다.

겨울이 되어야만 볼 수 있는 하얀 눈이었다.

오로지 겨울이 되어야만.

6장

삶을 사랑하기

전쟁 같은 상황에서도 사랑을 하면,
그래도 인생은 아름답다고
말할 수 있는 용기가 생기나 보다.

중력의 부작용

어느 날 세상에 태어나 6살 때 어린이집 생활을 시작했다. 어린이집에서 가장 재밌었던 활동은 미술 수업이었다. 나는 어렸을 때부터 미술을 좋아했다. 하지만 선생님은 내 그림이 아닌 다른 아이의 그림을 더 많이 칭찬했다. 그 아이를 '우월한 유전자'라 부르겠다.

우월한 유전자가 나무를 그릴 때였다. 보통 유치원생들은 나무를 그릴 때 디테일까지 살리지 않는다. 그러나 우월한 유전자는 나뭇잎 하나에도 줄무늬를 그렸다. 그래, 솔직히 인정했다. 나보다 더 잘 그리는 거.

우월한 유전자는 그림뿐만 아니라 모든 방면에서 우월했다. 우월한 유전자는 나보다 키도 크고 말도 잘했으며 인기도 많았다. 그에 비해 나는 체구도 작고 행동도 느린 어리바리한 아이였다. 좋게 말하면 순진하고 나쁘게 말하면 바보 같은…… 모든 방면에서 열등한 아이는 자신감이 아닌 열등감을 먼저 학습했다.

또 다른 건 급식을 먹을 때였다. 내가 다니던 어린이집은 야채가 들어 있는 하이라이스가 자주 나왔는데, 나는 야채를 싫어해서 그 하이라이스를 먹는 게 곤란했다. 그래서 항상 빈 책상에 앉아 밥을 제일 늦게 먹었다. 나도 다 먹고 놀고 싶었는데…….

어린이집에서 소외되었던 아이는 학교와 회사에서도 뒤처짐을 경험했다. 삶은 경쟁의 일환이라 지구 생활이 적성에 안 맞았다. 중력의 부작용이다. 만일 이곳이 우주라면 모두가 달리기를 멈추고 무중력 상태로 둥둥 떠다녔을 것이다.

즐겁지 않은 나날이 이어지자 엄마에게 어린이집을 그만두겠다고 말했다. 그랬더니 엄마는 쿨하게 그러라고 하셨다. 그래서 한동안은 어린이집에 다니지 않았다. 그렇게 평화가 이어지던 어느 날, 별 스티커를 잔뜩 붙인 노란 버스를 발견했다. 그 노란 버스는 내가 다니던 어린이집 버스였다. 나는 그걸 보고 엄마에게 말했다.

어린이집에 다시 다니겠다고…….

어린이집을 그만둔 지 3일 만에 꺼낸 말이었다. 엄마가 어리둥절한 표정으로 물어보았다.

"왜 갑자기?"

나는 초롱초롱한 눈빛으로 대답했다.

"버스에 별 있어서……."

지금 생각해 보면 조금 귀엽다. 어린이집 버스에 붙여져 있는 별 스티커 때문에 다시 어린이집을 가고 싶어 했다는 게…….

다음날, 엄마와 나는 어린이집 원장실에 갔다. 엄마는 어쩐지 조금 머쓱한 표정이었다. 원장님은 엄마의 말씀을 듣더니 웃었다. 그러자 엄마도 웃었다. 나는 어렸지만 그 웃음의 의미가 무엇인지 알 것 같았다. 어른들은 황당해하고 있었다.

하지만 나는 좀 다른 입장이었다. 별 스티커에 마음이 홀린 이유는 단순했다. 그 버스를 타면 우주로 갈 수 있을 거라 생각했다. 그건 우주로 갈 기회를 놓칠 뻔했다는 말과 동일했다. 작은 아이도 무의식중에 지구를 벗어나고 싶었던 걸까?

시간이 지나, 졸업식 시즌이 다가왔다. 3층 강당에서는 선생님들이 졸업식 준비를 하고 있었고, 아이들은 안무를 연습했다. 아주 추운 겨울날이었다. 사랑과 보호를 받던 아이들은 어느새 성장하여 더 큰 세상에 가기 위한 도약을 했다.

『강아지 똥』을 지은 동화 작가 '권정생'이 남긴 유언장 내용의 일부가 떠오른다.

> "하느님께 기도해 주세요. 제발 이 세상, 너무도 아름다운 세상에 사람이 사람을 죽이는 일은 없게 해달라고요. (…) 중동, 아프리카, 그리고 티벳 아이들은 앞으로 어떻게 하지요. 기도 많이 해주세요. 안녕히 계십시오."

나는 최선을 다해 춤을 췄다. 다른 아이들보다 반 박자 느린 율동을.

우주여행은 해보지 못한 채 어린이집 생활이 마무리됐다.

돈의 쓸모와 무쓸모

친구와 비디오방에 만화책을 빌리러 갔다. 우리는 만화책을 고르고 계산대로 뚜벅뚜벅 걸어갔다. 그런데 그때, 주인아저씨가 갑자기 호통을 쳤다.

"외상!"

나는 무슨 말인가 싶어 눈이 동그래졌다. 주인이 이어서 말했다.

"너 아빠가 외상값 아직도 안 갚았어!"

"얼마인데요?"

"12만 원!"

"다음에 올게요."

나는 도둑질이라도 한 듯 재빨리 빠져나왔다. 왜 돈에서는 피비린내 비슷한 냄새가 날까. 친구에게 가난을 들킨 것 같아 창피했다. 사실 그 친구는 신경도 안 썼는데 나 혼자 알 수 없는 수치심을 느꼈다. 돈이라는 건 무엇일까. 돈 때문에 슬펐던 적이 많았고 슬퍼서 돈을 쓴 적도 많았다.

나는 왜 슬플 때 돈을 썼을까? 일전에 EBS MEDIA가 기획한 책 『자본주의』에서 재밌는 사실을 발견했다. 사람들이 뭔가를 소비하는 데에는 외적 요인만 있는 게 아니라 '특정 감정' 또한 소비를 유발하는 요인이라고 했다. 실험을 통해 증명된 바로는 슬픔, 불안, 우울, 외로움이 소비를 유발한다고 했다.

소득의 불균형 속에서 누군가는 웃고 누군가는 운다. 하지만 자본주의는 250년 동안 위기를 겪으면서도 끈질기게 이어지고 있다. 자본주의만큼 세상을 발전시키고 인류에게 막대한 부를 창출한 체제는 없었기 때문이다. 세상에는 돈보다 중요한 게 많지만 자본주의 사회에서는 돈으로 해결할 수 있는 게 대부분이다. 그래서 우리는 자연히 돈의 '무쓸모'보다 '쓸모'를 더 많이 생각하게 된다. 실제로 돈은 쓸모가 많기 때문에…….

나는 옛날부터 '죽음'을 많이 생각했다. 죽을 때 무섭지 않으려고 미리 마음의 준비를 많이 했다. 일명, 죽음 연습. 죽음 연습은 중학교 2학년 때부터 시작됐다. 눈을 감고 누우면 죽을 때 어떤 느낌인지 상상했고, 어떤 말을 들을지 상상했으며, 어디로 갈지 상상했다. 남들은 먹고 살 걱정을 할 때, 나는 죽을 걱정을 먼저 했다. 죽음이 얼마나 무서웠으면 그런 걱정을 했을까? 마음은 언제나 죽음을 앞둔 노인이었다.

드라마 〈나의 아저씨〉의 대사가 떠오른다.

"상처받은 아이들은 너무 일찍 커버려."

죽음은 쓸모가 많은 돈으로도 막을 수 없어서 무섭다. 물론 돈으로 목숨을 연장할 수는 있다. 하지만 우리는 불사신이 아니기에 한 명도 예외 없이 모두 죽는다. 돈으로 할 수 없는 일이 '목숨 무한정 연장'이라는 게 조금 다행이기도 하다.

자본주의 세상에서 돈의 쓸모와 무쓸모를 동시에 생각하는 균형은 작은 숨통을 틔울 거라고 믿는다. 돈을 지나치게 사랑하지도 않을 것이고, 돈을 너무 미워하지도 않을 테니까.

복잡하고 빠르게 변하는 세상에서 가장 중요한 건, 넘어지지 않는 균형일지도 모른다.

다른 시각의 풍경

덜컹거리는 전철 안, 엄마의 손을 잡고 있는 한 아이가 말했다. "나도 손잡이 잡고 싶어!"

그러자 노약자석에 앉아계신 할머니는 이렇게 말했다.

"밥을 많이 먹어야 잡을 수 있어."

아이가 물었다.

"왜요?"

"그래야 키가 빨리 크지."

아이는 "우와!" 하고 작은 감탄사를 내뱉으며 위에 있는 손잡이를 바라보았다. 손잡이가 흔들거렸다. 어른들은 모두 손잡이를 잡았지만, 아이는 손을 잡아줄 엄마가 있었기에 손잡이에 의지하지 않아도 괜찮았다. 어른들에게는 전철 천장에 매달린 게 손잡이고 아이에게는 엄마의 손이 손잡이였는데 아이만 그걸 몰랐다.

우리는 각자 다른 손잡이를 잡고 같은 풍경을 마주했다. 아이의 시선에선 이 풍경이 어떻게 보였을까. 어렸을 때 봤던 세상은 신기한 게 가득한 '판타지 만화' 같았다. 그러나 어른이 되어 본 세상은, 즐겁지 않은 소식으로 가득한 '뉴스' 같았다. 어른이 되는 건 여러모로 번거로운 일이라는 생각이 들었다. 회사에 가는 대신 오렌지 주스와 김밥을 들고 소풍을 가면 얼마나 좋을까. 도란도란 모여 앉아 곤충에 대한 이야기를 나누면 얼마나 즐거울까. 별거 아닌 일에도 칭찬 스티커를 받으면 얼마나 행복할까.

죽도록 노력해도 칭찬 한번 받기 힘든 요즘에서 벗어나고 싶다.

전철에서 내려 거리를 걸었다. 부동산, 산업보건협회, 아이브로펜슬 1+1 세일, 원조 할머니 빈대떡 등이 보였다. 숱하게 본 풍경이었다. 건물과 전단지에는 글씨가 너무 많았고, 가게에서는 인스턴트식 사랑 노래가 흘러나왔다.

나는 이유 없이 발걸음을 재촉하며 어딘가로 걸었다.

이 넓은 도시에서 나와 상관있는 건 오로지 휴대폰밖에 없었다.

인생길 제한속도

친구와 술을 마시며 이런저런 대화를 했다. 친구의 이름은 '츤데레 불효녀'이다. 츤데레 불효녀가 말했다.

"난 마음은 안 그러는데, 엄마가 스마트폰이나 인터넷 같은 거 물어보면 괜히 짜증 낸다?"

"맞아. 나도 괜히 그러더라……. 불효녀야 아주. 스마트폰은 언제까지 유효할까?"

"평생? 되게 오래 쓸 것 같아."

"그치……. 모든 게 다 기계야. 난 가끔 계산대에 점원 없으면 조금 당황해. 키오스크kiosk 기계로 결제하라고 하면 약간 싫어. 어려워서……."

"사실 나도 기계 공포증(?) 있어."

"만일 우리가 50살이 되면 더 어려운 게 나올까? 예를 들어 모든 걸 코딩으로 해결해야 한다면? 지금의 스마트폰처럼 말이야."

"악, 너무 싫어!"

"지금 우리 부모님들이 그런 기분일 거야."

츤데레 불효녀와 나는 작은 반성을 하고 일찍 집에 갔다. 그리고 우리는 여전히 부모님께 짜증을 내고 투정을 부렸다. 불효녀들은 나중에 코딩으로 호되게 당할 게 분명했다.

며칠 후, 엄마와 함께 거실에서 옛날 드라마를 봤다. 요즘에 방영되는 드라마와는 달리 '순정'이 느껴졌다. 순정…… 되게 좋은 단어인데 묘하게 촌스럽게 느껴졌다. 마치 옛날에만 쓰는 단어 같았다. 세상이 세련되게 변하고 있다는 증거였다. 그래서 세상이 싫었다. 세상은 빨리 변하고 나는 도태되는 것 같아서. 세상에게 시비를 걸고 싶었다. 작작 좀 발전하라고. 그만 좀 성실하라고…….

세상은 게임과 묘하게 닮았고 달랐다. 지구상의 물건은 유료템이라 사고 싶어도 사지 못했고, 세상이 너무 빠르게 업데이트되어서 렉이라도 걸렸으면 싶었다. 레벨 업을 하고 싶었지만 일일 퀘스트조차 다 못 깨서 그대로였고, 매일매일 성실하게 눈을 떴지만 출석 보상 아이템 따위는 하나도 없었다. 세상과 게임의 공통점은 둘 다 '노력'해야 살아남는다는 점이었고, 차이점은 게임은 노력한 만큼 결과가 나오지만 세상은 그렇지 않다는 점이었다.

우연히 먼 곳을 갈 일이 있어서 고속버스를 탔다. 버스는 목적지를 향해 화살처럼 쌩쌩 달려갔다. 그날도 마찬가지로 단박에 멀미를 할 것 같았다. 사실 나는 차를 타면 멀미를 하기 때문이다. 버스는 목적지에는 빨리 데려다줬지만 나와는 맞지 않는 속도였다. 남들은 빨리 좀 가라고 들들 볶을 때, 나는 천천히 좀 가라고 들들 볶고 싶었다. 하지만 버스는 빨리 가기 위해 만든 교통수단이므로 잠자코 있었다. 멀미 나도록 혼미한 세상에서 살아남기 위해서는 세상에 속도에 맞추기보다는 나만의 속도로 나만의 길을 가는 게 더 좋다는 생각이 들었다. 사람마다 알맞은 속도가 있을 테니까…….

날이 좋을 땐 역시 자전거를 타는 게 제일 기분이 좋았다. 공기와 햇볕을 느낄 수 있고 풍경을 볼 수 있으니 말이다. 멀미 나는 세상에서 나만의 속도로 가는 게 세상을 사랑하고 세상에서 살아남는 방식인 듯하다.

절단된 세상

내가 어렸을 때 엄마는 치킨을 자주 들고 왔다. 치킨집에서 일했기 때문이다. 그 당시 아빠는 우리와 따로 살아서 치킨은 우리만 먹었다. 특히 오빠와 나는 배 속에 양계장을 차려도 될 만큼 많은 치킨을 먹었다. 엄마는 농담 삼아 "배 속에서 꼬꼬댁하고 울겠다!"라고 말하기도 했다. 그러면 오빠와 나는 닭 흉내를 내며 유치하게 놀았다. 저녁 11시, 텔레비전 앞에서 치킨을 뜯는 게 우리의 낙이었다.

시간이 지나, 불의의 사고로 아버지가 입원했다. 아빠는 말도 못 하고 움직이지도 못하고 눈만 깜빡거린 채 인형처럼 누워있었다. 병원에서 아빠를 보려면 하루에 한 번, 정해진 시간에 15~20분만 볼 수 있었다. 병원의 공기는 바늘처럼 따끔해서 가기만 해도 아픈 기분이 들었고, 가고 나면 기가 빨려서 집에 오면 바로 휴식을 취했다.

아빠가 세상을 떠난 후 정신없이 장례식을 치렀다. 장례식은 생각보다 정신없이 진행됐고, 슬픈데 충분히 슬퍼하지 못한 채 집에 돌아왔다. 집에 들어오자 공허하고 낯선 공기가 흘렀다. 가장 익숙한 공간에서 가장 낯선 감정이 느껴졌다. 세상은 내 슬픔엔 아무런 반응도 해주지 않고 평온하고 규칙적으로 존재하는 듯했다. 그 평온한 규칙성이 문득 잔인하다는 생각이 들었다. 내 세상은 절단되었는데 지구는 하루하루 성실하게 잘 굴러가는 것 같았다. 아무 일도 아니라는 듯 눈을 뜨면 내일이 오는 게 싫었다. 세상이 내 눈치를 한 번쯤은 봐줬으면 싶었다.

우리는 배가 고팠고 기운이 없었고 힘을 내고 싶어서 치킨을 시켰다. 슬픈 날에 치킨을 시켜서 기분이 조금 이상했지만 우리는 힘을 내야 했다. 우리는 아무도 울지 않고 말없이 치킨을 먹었다. 슬픈데 슬픈 내색을 하지 않는 게 우리의 방식이었다. 엄마가 말했다.

"다 잘될 거야."

언제 한 번은 그런 상상을 한 적이 있다. 만일 가족 중 누군가가 죽는다면 '왜 나에게 이런 불행이!'라고 생각할 것 같다고. 그런데 막상 실제로 그런 일을 겪으니 내 불행을 원망하기보다는 다친 사람이 얼마나 아프고 힘들었을까, 라는 생각에 더 마음이 아팠다. 그런 생각은 정말 사람을 미치게 만들었다.

얼마나 힘들었을까. 얼마나 아팠을까.

그날 나는 불현듯 느꼈다. 평생 따라다닐 아픔이 생겼다고. 그건 절대로 지워지지 않을 아픔이라고. 한여름 밤의 모기처럼 잠깐 나타났다 사라지는 종류의 아픔이 아니라고. 지워지지 않는 문신 같은 아픔이라고.

가족은 세상의 가장 작은 단위라는 말을 들었다. 그날은 내 세상의 일부가 잘려 나갔다. 사랑한다는 말을 제대로 하지도 못한 채.

그때 먹었던 치킨은 내가 먹었던 치킨 중 가장 맛없었던 치킨이었다.

인생은 아름다워

가까운 이의 죽음을 맞이한 이후로 허무와 의문을 반복하며 며칠을 보냈다. 죽음에 대해 더 자주 생각했기 때문이다. 죽음은 무엇인가부터 시작해서, 죽을 때 어떤 느낌인지, 죽음 이후에는 어떤 세계가 있는지, 왜 죽어야 하는지, 왜 살아야 하는지, 아무 해답을 얻을 수 없어서 답답했다. 마치 수백 개의 물음표가 열기구처럼 둥둥 떠다니는 것 같았다. 모든 게 의문이었고 정착되지 못한 생각들은 마음을 자주 괴롭혔다. 아무리 생각해도 (논리적으로든 감정적으로든) 살아야 할 이유가 없었고, 살면 안 되는 이유가 더 설득력 있었다. 가진 게 있어도 잃은 것에만 몰두하니 사는 게 감사하지 않았다. 점점 염치가 없어지고 있었다. 누군가의 죽음 끝에는 산 자의 몫이 남아있는 듯했다.

왜 살아야 하는지 모르겠다고 느끼던 어느 날이었다. 거실 소파에서 〈인생은 아름다워〉(1997)라는 영화를 봤다. 술을 마시고 봐서 무슨 내용인지도 모르고 봤다. 그날 나는 깜빡 잠이 들어 꿈을 꿨다. 꿈속의 나는 무언가에 쫓겨 도망가고 있었다.

꿈을 '소설' 형식으로 바꿔서 작성해 보았다. 꿈 내용은 이러했다.

숨이 턱까지 차오르는 것도 모른 채 어딘가로 뛰었다.

자리에 멈춰 호흡을 가쁘게 쉬었다. 심장이 미친 듯이 쿵쾅거려 멈출 생각을 하지 않았다. 도대체 이게 무슨 일이지? 불쾌한 혼란을 잠재우고 싶다는 생각이 멈추질 않았다.

고개를 들어 앞을 보았다. 건물 하나 없는 드넓은 들판과 별로 도배된 밤하늘이 보였다. 언덕 한가운데에 서서 생각했다.

'달에 홀로 버려진 사람 같아.'

이토록 비현실적인 상황에서 이토록 생생한 감각은 나의 정신을 아득하게 만들었다. 밤하늘의 별이, 너무나도 아름답게 빛나고 있었기 때문이다.

"안녕?"

그런데 그때, 내 귓가로 어떤 여자의 음성이 들렸다. 대답할 겨를도 없이 화들짝 놀란 나는 재빨리 뒤를 돌아보았다.

그러자 그녀는 순진한 얼굴로 나를 지그시 쳐다보며 이렇게 물었다.

"너도 혼자가 되었구나."

그녀의 안색은 너무나도 맑고 편안해 보였다. 나는 신비로운 평온함에 이끌려 나도 모르게 진심을 토해냈다.

"살려주세요."

그녀는 수많은 단어를 고심하는 시인처럼 무언가를 곰곰이 생각했다. 그녀가 눈을 깜빡이며 나긋한 목소리로 물었다.

"살고 싶니?"

음성을 듣자 어쩐지 다급한 느낌이 들어 한 치의 망설임도 없이 대답하였다.

"네. 살고 싶어요."

그녀는 그럴 줄 알았다는 듯 너그러운 미소를 지었다.

나는 깜짝 놀라 잠에서 깼다. 영화에서는 어느새 엔딩 스크롤이 올라가고 있었다. 이토록 선명한 꿈은 참으로 오랜만이었다. 엔딩 스크롤을 보며 잠시 멍을 때렸다. 잠깐 눈 감았을 뿐인데 영화 한 편이 끝나있었다.

나는 꿈에서 했던 대화를 곱씹어 보았다.

"살려주세요."

"살고 싶니?"

"네. 살고 싶어요."

나는 내가 살고 싶어 한다는 거에 무척 놀랐다. 어쩌면 너무 잘 살고 싶어서 세상을 혐오했던 걸지도 몰랐다. 그림 공부를 할 때 '빛과 그림자'에 대해 배운 적이 있다. 그때 선생님의 말이 기억났다.

"빛이 강할수록 그늘도 깊어요. 이걸 잘 살리면 입체적인 그림이 돼요."

어쩌면 내 입장에서는 인생이 너무 빛나서 그만큼 어둠도 짙게 느꼈던 걸지도 몰랐다. 삶을 혐오한다고 했지만, 사실은 그만큼 삶을 애정했었는지도 몰랐다. 내가 알고 보니 삶을 사랑했다는 건 놀라운 발견이었다. 나 생각보다 되게 살고 싶었구나…….

나는 행복한 기억은 깡그리 무시하고, 불행했던 기억만 핑킹가위로 오려 붙였다. 한때는 나도 삶을 정말 사랑했는데 말이다. 하늘의 구름을 보면 '아름답다'고 느꼈고, 친구와 맛있는 걸 먹으면 행복이 별거 없다고 생각했다. 어릴 적 눈 오던 겨울날, 아빠와 눈사람을 만들었을 때도 즐거웠고, 엄마가 해주던 탕수육도 매일 먹을 수 있을 만큼 맛있었다.

나는 세상이 여전히 밉다. 그런데, 이 삶에 대한 저주는 지독한 애정을 전제로 한다는 걸 알았다. 작가 개리 비숍이 "누군가를 사랑하기로 선택했다면 분명 실망하게 될 것이다"라고 말한 것처럼.

어제는 비가 왔는데 오늘은 창문에 햇볕이 들어왔다. 사시사철 사랑했던 기억만 있던 건 아니지만, 그렇다고 매일 불행했던 것도 아니었다.

사랑의 기억

잠들어서 보지 못한 영화 〈인생은 아름다워〉를 다시 봤다. 사실 영화를 보기 전에는 구닥다리 영화일 거라 생각했다. 제목이 '인생은 아름다워'였기 때문이다. 이렇게 말하면 안 되지만 제목 자체에서 불신이 들었다. 어두운 부분은 하나도 묘사되지 않고 진실은 은폐한 채 인생을 마냥 미화한 영화인 줄 알았다. 그래서 조금은 심드렁한 마음으로 영화를 봤다.

하지만 오히려 영화는 그 반대였다. 영화의 전반적 배경은 수용소로, 수용소 생활을 아름답다고 말할 수 있는 사람은 아마 없을 것이다. 영화 속에서 그려진 그들의 인생은 전혀 아름다워 보이지 않았고, 평범한 일상을 박탈당해 오히려 고통스러워 보이기까지 했다. 그럼에도 작가는 왜 인생을 아름답다고 했을까?

다섯 살 남자아이 '조수아'는, 아버지 '귀도'와 함께 수용소로 끌려간다. 이때 아버지는 아들을 안심시키기 위해 몇 가지 거짓말을 한다.

①

“이건 게임인데 우린 전부 선수야. 밖에 있는 군인은 일과를 가르쳐주지. 힘들 거야. 절대 쉽지 않아. 하지만 이기면 일등상을 탈 수 있어.”

“상품이 뭔데?”

“탱크란다.”

②

“내일은 악당들과 자루 달리기를 할 거야.”

“그만하고 집에 갈래.”

“비가 오는데? 감기 들면 어떡하니?”

“상관없어. 어서 가자.”

“다른 애가 진짜 탱크를 타겠구나.”

③

“엄마 만날 수 있어?”

“게임이 끝나면.”

문득 식당에서 들었던 대화가 떠올랐다. 60대 정도로 보이는 여자들이 나누던 대화였다.

"야! 그래도 우리 아직 젊어."

"젊긴 뭐가 젊어. 늙어서 죽을 때 다 됐는데."

"뭐? 하하하!"

여자들은 섬뜩한 농담을 하면서 깔깔깔 웃었다. 인류는 고통을 견디기 위해 유머라는 장치를 개발한 걸까? 유머에는 두 가지 종류가 있는 것 같다. 사실에 기반을 둔 유머와 비현실에 기반을 둔 유머.

나도 예전에 "우리 이러다 굶어 죽는 거 아니야?"라는 농담(혹은 유머)을 한 적이 있다. 내 나이에 "죽을 때 다 됐어!"라는 말은 농담이 안 되지만 "굶어 죽겠다!"라는 말은 농담이 된다는 게 절묘했다. 그건 어느 정도 '진실'에 기반을 둔 유머였고, 어쩌면 그런 종류의 유머는 현실적 절망을 숨기기 위한 장치일지도 몰랐다.

영화의 어떤 부분은 지나치게 우스꽝스러워서 슬펐다. 아버지가 아들을 너무나도 사랑해서, 아들에게 절망스러운 상황을 최대한 숨기고 싶어 했기 때문이다.

제목 그대로 인생은 아름다웠다. 왜냐하면 '사랑'이 있었기 때문이다. 인생에는 사랑이 있고, 사랑은 아름답고, 그래서 인생은 아름다운 것이다. 전쟁 같은 상황에서도 사랑을 하면, 그래도 인생은 아름답다고 말할 수 있는 용기가 생기나 보다. “아무리 처한 현실이 이러해도 인생은 정말 아름다운 것이란다.”라고 영화 속에서 말한 것처럼.

나는 언제나 진짜 사랑을 하고 싶다. 사랑을 주고받는 건 너무나도 충만하고 긴밀하고 아름다운 행위니까.

나는 이 대사를 듣기 위해 이 영화를 본 걸지도 몰랐다.

“아버지가 없다고 슬퍼할 필요 없어. 아버지가 평생 해줄 사랑을 단 한 푼도 아끼지 않고 살아 있는 짧은 시간 동안 최선을 다해 너에게 모든 걸 퍼주었으니 그것은 앞으로 조수아 너의 삶에서 엄청난 원동력이 되고 삶에 있어 큰 뿌리로 작용할 거야.”

늪에 빠진 사람에게

우울할 때 가장 중요한 건

혼자만의 세상에서 빠져나와

세상 위로 발을 디디는 거야.

이타적인 시선

어느 날 '현태기'가 찾아왔다. 현태기는 '현실'과 '권태기'의 합성어이다. 현태기의 시발점은 새로운 직장을 다니면서부터였다. 아직 3개월도 되지 않았는데 이래도 되나 싶을 정도로 스트레스가 심했다. 스트레스는 쌓이면 쌓일수록 삶을 사랑하기가 힘들었다. 이렇게 살아야만 삶을 유지할 수 있다면 살지 않는 게 낫다고도 생각했다. 세상은 언제나 나에게 필요 이상의 노력을 요구했고, 그 과정에서 어떤 의미도, 재미도, 성취도 느끼지 못했으며, 적게 벌고 많이 상처받아서 세상이 혐오스러웠다.

이슬아 작가는 "좋은 마음이란 내게 부과된 업무량에 괜히 억울함을 품지 않는 상태다."라고 했다. 내 안엔 억울함이 가득 쌓여 솔직히 말하면 인생을 날로 먹고 싶었다. 사람도 만나기 싫었고 『월든』을 쓴 작가처럼 숲에서 글 쓰면서 살고 싶었다. 하지만 현실은 그럴 수 없었고 그러다 보니 자주 억울한 마음이 들었다.

처음에는 이렇게 살아야 하나 생각했다. 그러다가, 뭘 하면서 살아야 하나, 어떻게 살아야 하나를 생각하다가, 어느 순간에는 '살아야 하나'만 남았다. (어떻게) 살아야 하나, (뭘 하면서) 살아야 하나, (이렇게) 살아야 하나, 살아야 하나, 살아야 하나, 살아야 하나.

살아야 하는지를 묻다 보니 살기가 싫어졌다. 이런 질문은 보통 슬플 때 많이 하기 때문이다. 슬픈 감정으로는 'Yes'보단 'No'를 외치는 게 아무래도 쉬웠다. 어차피 죽을 거면 왜 이렇게 아등바등 전력투구를 하며 살아야 하나 싶었다. 어쩌면 세상에 내가 설 자리는 없다고 생각해서 자주 세상이 싫어졌던 것 같다.

그러던 어느 날, 우연히 '실존적 우울'이라는 개념을 접했다. 실존적 우울의 증상으로는 여러 개가 있었는데, 그중 하나는 '존재의 의미 부족'이었다. 정혜신 작가의 『당신이 옳다』라는 책에는 이런 문장이 있었다.

> '자기'를 드러내면, 그러니까 내 감정, 내 말, 내 생각을 드러내면 바로 싹이 잘리거나 내내 그림자 취급만 당하고 사는 삶은 배터리가 3퍼센트쯤 남은 방전 직전의 휴대전화와

비슷하다.*

어렸을 때는 뉴스가 세상의 모든 정보를 담는 축소판이라 생각했다. 하지만 뉴스 소식이 세상의 전부라면 세상은 자극적이고 세속적이고 권위적인 것들로만 구성되었을 것이다. 과연 어떤 게 진짜 세상일까. 책 『팩트풀니스』에서 재밌는 사실을 발견했다. 책의 내용을 잠시 빌리자면, 작가는 세상 사람들을 소득 수준에 따라 4그룹으로 묶을 수 있다고 했다. 1그룹은 1단계, 2그룹은 2단계, 3그룹은 3단계, 4그룹은 4단계이다. 1단계가 가장 빈곤한 그룹이고 4단계가 가장 부유한 그룹이다.

1단계는 10억 명에 해당하는 인구로, 이들은 하나뿐인 양동이를 들고 1시간 동안 걸어서 물을 퍼와야만 물을 마실 수 있고, 전기가 공급되지 않는다. 또한 신발이 없어서 맨발로 다니고, 식사는 거무스름한 죽을 매끼 먹는다. 곡식이 없을 땐 몇 달 동안 쫄쫄 굶어서 아사 직전의 위기에 놓인다. 실내에서 불을 지피니 폐가 약해져 생을 일찍 마감하기도 한다. 약을 살 돈이 없기 때문이다.

2단계는 30억 명에 해당하는 인구로, 네 그룹 중 가장 많은

---

* 정혜신, 『당신이 옳다』, 해냄출판사, 2018년.

인구에 해당한다. 이들은 신발을 신고 다니고, 자전거를 타고 다닐 수 있기에 물을 가져오는 시간이 하루에 30분으로 줄어든다. 먹을거리도 직접 기르지 않고 돈 주고 살 수 있다. 전기도 들어와서 전등도 킬 수 있다. 하지만 전기 공급이 불안정해서 냉장고를 사용하긴 어렵다. 잠을 자는 공간도 흙바닥이 아닌 매트리스 위에서 잔다. 지구에 살고 있는 인구 중 가장 많은 인구가 이렇게 생활한다.

3단계는 20억 명에 해당하는 인구로, 이들은 물을 길으러 다니지 않는다. 저축도 할 수 있고, 수도도 설치한다. 전기도 안정적이어서 냉장고를 사용할 수도 있다. 고등학교에 진학하면 높은 급여를 받는 일을 할 수도 있다. 취업을 하면 어떤 해변으로 축하 여행을 갈 수도 있다.

4단계는 약 10억 명에 해당하는 인구로, 교육을 12년 넘게 받고, 비행기를 타고 휴가를 간 적이 있으며, 한 달에 한 번은 외식을 하고, 차를 살 수도 있다. 집에서는 온수와 냉수를 모두 쓸 수 있다.

책을 읽는 대부분의 사람들은 4단계에 해당할 것이다. 내가 알고 보니 부유했다니……. 솔직히 조금 충격을 받았다. 인류는 200년 전만 해도 85%가 1단계에 머물러 있었다고 했다. 이를 보고, 뉴스는 세상의 모든 정보를 전하는 축소판이

절대 아니라는 생각이 들었다. 오히려 정보를 편향적으로 짜깁기하고 있다는 느낌도 들었다. 진짜 세상은 이렇게나 다양했고 또 내 불행은 세상 앞에선 참 작았는데, 내 고통이 뭐라고 그동안 그렇게 징징댔을까. 삶과 죽음의 기로에 놓인 사람들이 이렇게나 많은데. 나는 그동안 나밖에 몰랐고 세상에는 관심이 없었기 때문에 죽는소리를 해가며 살아왔다.

세상을 아름답게 바라보려면 세상을 왜곡해서 봐야 한다고 믿었다. 하지만 세상을 똑바로 바라보는 것이야말로 가장 따뜻하고 사랑스럽고 이타적인 시선이라는 걸 알았다. 나의 불행이 아닌 남의 불행에 관심을 가지는 것이야말로 이타적인 시선의 첫걸음이기 때문이다.

유의미한 고통

경쟁 사회에서 살아남으려면 경쟁은 필수적이다. 그런데 불행히도 나는 경쟁하는 걸 싫어한다. 그런데 굶어 죽을까 봐 일을 했고 경쟁을 했다. 살아남기 위해서는 경쟁은 필수였기 때문이다. 그런데 어느 순간부터는 그런 게 다 지겨워지기 시작했다. 고생만 하는 내 인생이 싫었고, 경쟁 사회에 대한 피로가 쌓여갔으며, 이제는 경쟁에서 손을 떼고 싶다는 생각이 들었다.

그런데 한편으로는 그렇게 살아도 되나 싶어서 조금 불안했다. 그래서 한동안은 조금 방황을 했다. 어떻게 살아야 할지 감조차 안 잡혔기 때문이다. 그러다 우연히 존 스트레레키의 『세상 끝의 카페』라는 책을 봤다. 일부 구절에는 이런 내용이 있었다.

존재의 이유를 충족시키기 위해 수백 가지의 일을 하게 될 수도 있어요. 가장 행복한 사람은 바로 자신의 존재 목적을 찾아내고 그 목적을 이루는 데 도움이 되는 일을 하는 사람이랍니다.*

문득 유튜브에서 봤던 동영상이 생각났다. 어린아이가 병원에 입원해 있는 상태로 피를 뽑는 장면이었다. 어른인 나도 피 뽑는 건 무서운데 아이는 얼마나 무서울까 하는 마음으로 영상을 봤다. 역시나 아이는 고통스러워했다. 살아생전 그런 울음소리는 처음 들어봤을 정도로 고통스러운 울음소리였다. 왜 저 아이는 저런 고통을 겪어야 할까 하는 의문이 들었고, 세상이 불공평하게 느껴짐과 동시에 나의 고통은 정말 아무것도 아니라는 생각이 들었다.

생각해 보면 모든 일은 다 누군가를 '돕는' 행위에서 시작됐다. 예를 들어 치킨 가게에서 일을 하면 치킨집 사장님을 돕는 것이고, 병원에서 일을 하면 환자를 돕는 것이다. 나는 문득 진정으로 도움이 필요한 사람을 돕고 싶다는 생각이 들었다. 그런 이들을 위해 내가 뭘 해줄 수 있을까를 진지하게 고민해 보기 시작한 것이다.

---

* 존 스트레레키, 『세상 끝의 카페』, 북레시피, 2018년.

어쩌면 책을 쓸 때도 조금 비슷한 기분이었던 것 같다. 책을 쓸 때마다 누군가가 이걸 읽고 조금이라도 위로를 받았으면 하는 마음으로 썼다. 나는 그런 일을 하는 게 좋았고 그런 쪽으로 마음이 자주 기울었다. 되도록이면 도움이 필요한 사람들을 도와서 경제적 활동을 하고 싶었다. 그래야 시간을 낭비하지 않는 기분이 들었고, 삶을 제대로 산 것 같았다. 물론 많은 용기가 필요한 것도 사실이었다. 하지만 나는 조금씩 어떻게 살아야 할지 미숙하게나마 알 것 같았다.

더 이상 불안을 원동력 삼는 걸 멈추고, 사랑을 원동력 삼아 사는 것이다.

어쩌면 그간 내 고통은 아픈 사람들의 아픔을 공감해 주고 위로해 주기 위해 있는 걸지도 몰랐다.

아파 본 사람만이 아픔을 진정으로 공감해줄 수 있다. 고통을 이해할 수 있는 사람은 고통을 '직접' 겪은 사람이며, 고통스러운 기억을 잊는 방법은 타인의 고통을 진심으로 위로해 주는 것이다. 그런 의미로 고통은 축복일지도 몰랐다.

세상이 호락호락하지 않아서 기쁘다. 난제가 있어야 겸손해질 수 있으니까. 어렵고 곤란한 일이 많아서 다행이다. 그래야 매일 새로운 자극이 있으니까. 나에게 난처한 일이 많았으면 좋겠다. 그래야 오만해지지 않으니까. 잘난 게 하나도 없다는 걸 깨달아서 반갑다. 더 많은 사람들에게 기댈 수 있으니까.

인간은 시간이 흐를수록 죽어간다. 그러나, 무언가를 사랑할 때만큼은 그 당연한 이치를 까먹게 된다. 그래서 사랑은 생명력이 있다. 살아있게 만들고, 살아가게 만들고, 살고 싶게 만들기에. 내가 그동안 죽음을 많이 의식했던 건, 이 때문이 아니었을까 싶다. 무언가를 사랑한 시간보다 미워한 시간이 많아서 말이다.

나는 언제나 사랑을 하면서 살고 싶다.

사랑은 살아있게 만들고, 살아가게 만들고, 살고 싶게 만드니까.

사랑은 눈에 보이지도, 만질 수도 없지만
가슴에서 확실하게 느껴져서 좋아.
눈에 보이는 게 전부가 아니라는 걸 알려주잖아.
사랑이 알려주는 건 그런 걸지도 몰라.
눈에 보이지 않는 걸 더 많이 발견하라고.
물질세계에 살고 있지만
정말 중요한 건
눈에 보이지 않는 '마음'이라고.
마음 안에서 가장 빛나는 건 '사랑'이니
그 빛을 꼭 발견하라고.
우리는 사랑을 할 때 가장 빛나는 존재라고.
그 빛을 밝혀야만 세상을 밝게 살아갈 수 있다고.

에필로그

이 책은
몹시도 사랑했던 순간들
사랑에 서툴러서 헤매었던 순간들
뒤늦게 깨달은 사랑에
후회했던 순간들의 기록입니다.

이 책을 읽고,
숨어있던 연애 세포라든가
무언가를 사랑하는 마음이라든가
작게나마 느껴왔던 인류애를
다시금 느꼈으면 하는 마음으로 썼습니다.

사랑은 한 개인의 삶을 구할 거라 믿습니다.

정말로요.